COLLECTION FOLIO

Raymond Chandler

Un mordu

*Traduit de l'américain
par Henri Robillot*

Gallimard

Cette nouvelle est extraite du recueil
Le jade du mandarin *(Folio Policier n° 243)*

Titre original :

THE MAN WHO LIKED DOGS

© *Raymond Chandler, 1936*
© *Éditions Gallimard, 1972, pour la traduction française.*

Raymond Chandler est né à Chicago le 23 juillet 1888 d'un père américain et d'une mère d'origine irlandaise. Après le divorce de ses parents, il suit sa mère en Angleterre où il fréquente le Dulwich College de Londres et s'initie au latin et au grec. En 1905, il part à Paris faire des études de commerce et apprendre le français. Après un voyage en Allemagne, il revient à Londres et demande la nationalité britannique pour pouvoir travailler dans l'administration, au ministère de la Marine. Rapidement lassé par un travail qu'il trouve fastidieux, il démissionne pour se consacrer à la littérature et écrit des articles dans quelques journaux. De retour aux États-Unis, il s'engage dans une unité canadienne en 1918. À la suite d'une expérience traumatisante sur le front français, il entre dans la RAF, l'aviation britannique. Démobilisé, il s'installe à Los Angeles où il rencontre Cissy, une pianiste beaucoup plus âgée que lui, qu'il épouse en 1924. Renvoyé de son poste d'administrateur dans une compagnie pétrolière pour avoir un peu trop taquiné la bouteille, il découvre les textes de Dashiell Hammett et publie sa première nouvelle, *Les Maîtres chanteurs ne tirent pas*, dans la revue policière *Black Mask* en 1933. Son héros, le détective privé Carmady enquête dans un monde corrompu et annonce Philip Marlowe. Six ans plus tard il publie *Le grand sommeil*, roman dans lequel apparaît pour la première fois Marlowe, un privé désabusé et ironique, incarné plusieurs fois à l'écran par Humphrey Bogart, Robert Mitchum et même Cary Grant. En 1940, paraît *Adieu, ma jolie*, l'histoire d'un ex-bagnard à la recherche de son ancienne petite amie. Les enquêtes de Marlowe se succèdent : *La grande fenêtre, La dame du lac, Fais pas ta rosière, Charades pour écroulés, Sur un air de navaja (The Long Goodbye)*. À partir de 1943, il travaille comme scénariste à Hollywood et signe l'adaptation d'*Assurance sur la mort* de Billy Wilder ou de *L'Inconnu du Nord-Express* d'Alfred Hitchcock, mais il n'est guère séduit par « l'usine à rêves ». Après la mort de sa femme, il tente de se suicider et replonge définitivement dans l'alcoolisme. Chandler meurt le 26 mars 1959 d'une pneumonie à La Jolla en Californie.

Raymond Chandler s'est imposé comme l'un des maîtres, avec Dashiell Hammett et McCoy, du « hard-boiled », qui mêle action et violence, loin du roman à problème plus psychologique. En huit romans et une trentaine de nouvelles, il a imposé son style et donné ses lettres de noblesse au roman noir.

Découvrez, lisez ou relisez les livres de Raymond Chandler :

ADIEU, MA JOLIE (Folio Policier n° 123)

CHARADES POUR ÉCROULÉS (Folio Policier n° 57)

LA DAME DU LAC (Folio Policier n° 138 et Folio Plus n° 43)

FAIS PAS TA ROSIÈRE ! (Folio Policier n° 35)

LE GRAND SOMMEIL (Folio Policier n° 13)

LA GRANDE FENÊTRE (Folio Policier n° 78)

LE JADE DU MANDARIN (Folio Policier n° 243)

SUR UN AIR DE NAVAJA (Folio n° 1849)

UN TUEUR SOUS LA PLUIE (Folio n° 1910)

I

Un coupé De Soto gris métallisé tout neuf était garé devant la porte. Je montai les trois marches blanches du perron, franchis une porte de verre et gravis trois marches de plus garnies d'une moquette. Puis je pressai le bouton d'une sonnette sur le mur.

Instantanément une bonne douzaine de chiens se mirent à donner de la voix à en ébranler la toiture. Pendant qu'ils braillaient, jappaient, hurlaient, je considérai un renfoncement en forme d'alcôve meublé d'un bureau à cylindre et précédé d'une sorte de salle d'attente avec des fauteuils de cuir et trois diplômes sur le mur et une table sur laquelle étaient éparpillés des numéros de la revue illustrée « L'ami des chiens ».

Quelqu'un, dans le fond de la maison, fit taire les bêtes puis une porte s'ouvrit et un petit homme au visage avenant, vêtu d'une blouse marron, arriva, chaussé de semelles de caoutchouc avec un sourire inquiet sous un fin pinceau de moustache. Il regarda au-dessous de moi, autour de moi, ne vit pas de chien et son sourire se fit plus ouvert.

— Je voudrais bien leur faire perdre cette habitude, dit-il, mais c'est impossible. Chaque fois qu'ils entendent la sonnette ils commencent leur concert. Ils s'ennuient, vous comprenez, et ils savent que la sonnette signifie l'arrivée de visiteurs.

— Je vois, dis-je et je lui tendis ma carte.

Il la lut, la retourna, en examina le dos, la retourna à nouveau et la relut.

— Vous êtes détective privé, dit-il doucement en léchant ses lèvres humides. Et bien… moi je suis le docteur Sharp. Que puis-je faire pour vous ?

— Je recherche un chien volé.

Il me lança un regard fugitif. Sa petite bouche molle se crispa. Très lentement son visage entier s'empourpra.

— Je ne veux pas du tout dire que *vous* avez volé ce chien, docteur. N'importe qui pourrait planquer un animal dans un endroit comme celui-ci et vous n'auriez aucune raison de penser qu'il ne s'agit pas du propriétaire, n'est-ce pas ?

— C'est simplement cette idée qui n'est pas agréable, dit-il d'un ton raide. Quel genre de chien ?

— Un chien policier.

Il racla du pied sur le tapis élimé et considéra l'angle du plafond. La rougeur s'effaça de son visage pour laisser sur ses traits une sorte de pâleur luisante. Au bout d'un long moment, il déclara :

— Je n'ai qu'un chien policier ici et je connais les gens à qui il appartient, j'ai donc peur...

— Alors, ça ne vous gêne pas que je regarde, coupai-je et je me dirigeai vers la porte du fond.

Le docteur Sharp ne bougea pas. Simplement, il se remit à racler des pieds.

— Je ne sais pas si c'est bien le moment, dit-il doucement. Peut-être un peu plus tard dans la journée.

— Pour moi c'est beaucoup mieux maintenant, dis-je et je posai la main sur le bouton de la porte.

D'un pas traînant, il se dirigea vers son petit

bureau à cylindre et sa main menue se tendit vers le téléphone.

— Je vais... Je vais appeler la police, si vous voulez faire de l'intimidation, dit-il d'un ton précipité.

— Parfait, répondis-je. Demandez donc le chef Fulwider. Dites-lui que Carmady est ici. J'arrive tout droit de son bureau.

Le docteur Sharp éloigna la main du téléphone. Je le gratifiai d'un sourire et me mis à rouler une cigarette entre mes doigts.

— Allons, voyons docteur, lui dis-je, ne vous braquez pas comme ça. Soyez gentil et je vous raconterai peut-être toute l'histoire.

Il se mordit les lèvres l'une après l'autre, considéra le buvard brun sur son bureau, en tripota un angle, se leva, traversa la pièce dans ses souliers de daim blanc, ouvrit la porte devant moi et nous nous engageâmes le long d'un étroit couloir gris. Par une porte ouverte, j'aperçus une table d'opération. Au-delà, nous franchîmes une autre porte qui donnait dans une pièce nue, au sol de ciment avec un radiateur à gaz dans un coin et un bol d'eau et tout le long d'un des murs un alignement de boxes superposés, fermés de hauts treillis grillagés.

Chiens et chats nous observaient en silence, dans l'expectative, derrière les grillages. Un chihuahua minuscule reniflait sous un énorme persan blanc avec un collier en mouton autour du cou. Il y avait un scottie à la mine renfrognée, un corniaud avec une patte entièrement pelée, un angora gris et soyeux, un Sealy-ham, deux autres bâtards indécis, un fox-terrier tondu à ras avec un museau parfait de proportions. Toutes les bêtes avaient le nez humide, l'œil brillant et désiraient visiblement savoir à laquelle d'entre elles je venais rendre visite.

Je parcourus des yeux l'ensemble des boxes.

— Tout ça ne sont que des miniatures, docteur, grognai-je. Je vous ai parlé d'un chien policier. Gris et noir. Sexe mâle. Âge neuf ans. Très beau spécimen en tous points, sauf qu'il a la queue un peu trop courte. Je vous ennuie avec ces précisions ?

Il me regarda et eut un geste embarrassé.

— Non, mais…, marmonna-t-il. Bon, enfin, venez par ici.

Nous sortîmes de la pièce. Les bêtes parurent déçues, spécialement le chihuahua qui essaya avec tant d'énergie de traverser le grillage qu'il faillit réussir. Une porte au fond du bâtiment nous donna accès à une cour cimentée avec deux garages qui se faisaient face. L'un des deux était vide. L'autre avec sa porte entrouverte de trente centimètres était un antre obscur au fond duquel un gros chien au bout d'une chaîne était couché, le menton à plat sur le vieux couvre-pieds qui lui servait de lit.

— Attention, dit Sharp, il est assez féroce quelquefois. Je l'ai d'abord gardé à l'intérieur mais il faisait peur aux autres.

Je pénétrai dans le garage. Le chien gronda. Je m'approchai de lui et il se jeta en avant, faisant claquer sa chaîne tendue.

— Salut Voss. Ça va bien.

Il alla se recoucher et reposa sa tête sur le couvre-pieds. Ses oreilles s'inclinèrent en avant. Il avait l'air tout à fait calmé. Il avait des yeux de loup bordés de noir. Puis sa queue trop courte et incurvée se mit à battre lentement le sol.

— Salut mon vieux, repris-je, on se serre la pince.

Et je tendis la main. Sur le seuil du garage, derrière moi, le petit vétérinaire me recommandait la prudence. Lentement le chien se redressa sur ses grosses pattes, ses oreilles reprirent leur position normale en arrière et il souleva la patte gauche. Je la lui pris et la secouai. Le petit vétérinaire prit un ton plaintif :

— C'est une très grande surprise pour moi, Monsieur… Monsieur…

— Carmady, dis-je. Oui, je m'en doute.

Je caressai la tête du chien et ressortis du garage. Nous regagnâmes la maison puis le petit bureau d'entrée. Je repoussai les magazines éparpillés, m'assis sur un coin de la lourde table de chêne et dévisageai le petit bonhomme.

— Bon. Ça va, dis-je, je vous écoute. Comment s'appellent ses maîtres et quelle est leur adresse ?

Il parut réfléchir, l'air morose. Puis répondit :

— Ils s'appellent Voss. Ils sont partis pour l'est et ils doivent envoyer quelqu'un qui reprendra le chien quand ils seront installés.

— Charmant, dis-je. On a baptisé le chien

Voss d'après le nom d'un as de l'aviation allemande. Et les gens ont pris le nom du chien.

— Vous croyez que je mens, fit le petit homme avec indignation.

— Non. Vous vous affolez trop facilement pour être un truand. Je crois simplement que quelqu'un voulait planquer ce chien. Voilà mon histoire. Une fille nommée Isobel Snare a disparu de chez elle à San Angelo il y a quinze jours. Elle vit là-bas avec sa grand-tante, une charmante vieille dame en soie grise mais à part ça, tout ce qu'il y a de futée. La fille sortait avec des types plutôt douteux dans des boîtes de nuit ou des tripots. Du coup la vieille dame a flairé la possibilité d'un scandale, et s'est gardée d'aller trouver la justice. En fait, elle n'a pas bougé jusqu'à ce qu'une amie de cette fille Snare aperçoive par hasard le chien dans votre boîte. Elle a prévenu la tante. La tante m'a engagé… parce que quand cette nièce est partie avec sa voiture pour ne pas revenir elle avait ce chien avec elle.

J'écrasai le mégot de ma cigarette sur mon talon et en allumai une autre. Le visage menu du docteur Sharp devint aussi blanc que de la farine. Des gouttes de transpiration perlèrent autour de sa fine moustache.

— Ce n'est pas encore une enquête de police, ajoutai-je doucement. Je vous faisais marcher à propos du chef Fulwider. Si on s'arrangeait tous les deux pour ne pas ébruiter cette affaire ?

— Qu'est-ce… qu'est-ce que vous voulez que je fasse ? balbutia le petit homme.

— Vous ne croyez pas que vous pourriez en savoir un peu plus long sur ce chien ?

— Si, répondit-il vivement. L'homme avait l'air de beaucoup l'aimer. Un véritable ami des chiens. Et le chien était très gentil avec lui.

— Alors, il vous donnera de ses nouvelles, dis-je. Et quand il se signalera, je veux que vous me teniez au courant. De quoi a-t-il l'air ce type ?

— Il était grand et mince, avec des yeux noirs plutôt perçants. Sa femme est grande et mince comme lui. Des gens bien habillés, très comme-il-faut.

— Cette fille Snare est une petite traînée, repris-je, pourquoi tant de mystère ?

Il considéra le bout de son pied sans répondre.

— Bon, enchaînai-je, les affaires sont les

affaires. Jouez le jeu avec moi et je ne vous ferai pas de contre-publicité. D'accord ?

Je tendis ma main.

— D'accord pour jouer le jeu, répondit-il doucement et il posa une petite main moite et molle dans la mienne.

Je la serrai avec précaution de peur de la tordre. Je lui expliquai ensuite où il pouvait me trouver et ressortis dans la rue ensoleillée et retrouvai un bloc plus bas ma Chrysler où je l'avais laissée. Je me mis au volant et manœuvrai de façon à déborder l'angle de la rue juste assez pour pouvoir surveiller en même temps la De Soto et l'entrée de la maison de Sharp. Au bout d'une demi-heure d'attente, je vis le docteur Sharp sortir en vêtements de ville et monter dans la De Soto. Il roula sur quelques mètres et tourna à angle droit pour disparaître dans le passage qui longeait son arrière-cour. Je démarrai avec la Chrysler, remontai en vitesse le bloc dans l'autre sens et allai prendre position à l'autre bout du passage.

À une cinquantaine de mètres je perçus des grognements, des aboiements, des grondements. Au bout d'un moment, la De Soto sortit en marche arrière de la cour cimentée en roulant dans ma direction. Je filai en courant jusqu'à l'autre coin du passage. La De Soto prit au sud sur Arguello Boulevard, puis à l'est. J'aperçus enchaîné à l'arrière du coupé un énorme chien policier avec une muselière. J'eus même le temps de voir qu'il tirait sur sa chaîne. Je remontai dans ma voiture et pris la De Soto en chasse.

II

Carolina Street se trouvait assez loin, en lisière de la petite station balnéaire. À son extrémité, elle débouchait sur une voie ferrée désaffectée au-delà de laquelle s'étendait une zone de grandes fermes. Dans la dernière partie habitée, il n'y avait que deux maisons et je me cachai derrière la première contre la façade de laquelle, devant un terrain herbeux, s'entrelaçaient une viorne en fleur et un chèvrefeuille. Un peu plus loin se succédaient deux ou trois terrains brûlés avec quelques touffes vertes surgissant de l'herbe calcinée, puis une baraque de bois vétuste de couleur grisâtre entourée d'une haie de fils de fer. La De Soto s'arrêta devant cette baraque. Une portière claqua et le docteur Sharp en fit sortir le chien muselé en tirant sur sa chaîne, le traîna au-dela de la barrière et lui fit monter les marches du perron. Un énorme palmier au tronc renflé m'empêcha de le voir devant la porte de la maison. Je reculai la Chrysler, lui fit faire demi-tour à l'abri du bâtiment, roulai sur trois cents mètres environ, puis obliquai dans une rue parallèle à Carolina. Cette rue se terminait également sur la voie ferrée. Dans un foisonnement de mauvaises herbes, apparaissaient çà et là les rails rouillés qui se dirigeaient de l'autre côté vers un chemin de terre et qui masqués par le remblai de la voie, repartaient vers Carolina.

Après avoir roulé sur environ trois cents mètres, je m'arrêtai, descendis, escaladai le remblai et jetai un coup d'œil par-dessus la crête.

La maison derrière la clôture de fils de fer se trouvait à peu près à cinquante mètres de moi. La De Soto était garée devant l'entrée. Dans l'air calme de l'après-midi me parvinrent les aboiements graves et profonds sur deux tons du chien policier. Je m'étalai à plat ventre dans les herbes, les yeux fixés sur la baraque et attendis. Rien ne se produisit durant un bon quart d'heure sinon que le chien continua à aboyer. Puis ses aboiements se firent subitement beaucoup plus féroces, hargneux. Quelqu'un se mit à crier ; une voix d'homme hurla. Je bondis sur mes pieds, franchis d'un saut la voie ferrée et dévalai de l'autre côté vers le bout de la rue. Comme j'approchais de la maison, je perçus les grondements furieux du chien qui devait s'acharner sur quelque chose, et qu'accompagnaient les glapissements d'une voix féminine plus irritée qu'effrayée.

Au-delà de la clôture s'étendait un bout de pré constellé de pissenlits. Au tronc ventru du palmier pendait un bout de carton en lambeaux, reste déchiré d'une pancarte. Les racines de l'arbre avaient disloqué et fissuré l'allée cimentée dont les fragments soulevés formaient comme une série de marches irrégulières. Je franchis la petite barrière, grimpai rapidement les marches de bois jusqu'au porche branlant et cognai à tour de bras sur la porte. À l'intérieur les grondements continuaient toujours mais la voix véhémente de la femme s'était tue. Personne ne vint ouvrir. J'essayai le bouton qui tourna librement et pénétrai à l'intérieur. Une puissante odeur de chloroforme me monta aux narines. Au milieu de la pièce, sur un tapis en désordre le docteur Sharp gisait sur le dos bras en croix. Le sang qui lui jaillissait du cou avait fait une mare épaisse et luisante autour de la tête. Le chien s'en tenait écarté, ramassé sur ses pattes avant, les oreilles couchées sur la tête, des fragments de sa muselière déchirée lui pendant autour du cou sur le poitrail. Il avait le poil hérissé et une sorte de grondement étouffé et continu roulait au fond de sa gorge.

Derrière le chien, la porte ouverte d'un placard était rabattue contre le mur et au fond du placard un gros tampon de coton dégageait des ondes nauséeuses chargées de chloroforme. Une femme brune, très belle, vêtue d'une blouse imprimée, tenait un gros automatique braqué sur le chien mais sans tirer. Elle me lança un rapide regard par-dessus l'épaule et commença à tourner. Le chien l'observait de ses yeux étrécis et bordés de noir. Je sortis mon Luger et le tins à mon côté. Il y eut un craquement puis un grand type aux yeux noirs, vêtu d'une chemise de travail bleu et d'une salopette bleu délavé, entra par la porte du fond tenant un fusil de chasse à canon scié. Il le pointa sur moi.

— Eh, toi, là, lâche ton feu, dit-il hargneux.

Je remuai la mâchoire avec l'idée de répliquer. L'index de l'homme parut se resserrer sur la détente de devant. Mon pistolet partit... presque comme de lui-même. La balle toucha la crosse du fusil et le fit sauter d'un coup sec des mains de l'homme. Il rebondit bruyamment sur le plancher. Le chien fit un bond de côté d'au moins deux mètres et s'accroupit à nouveau. Avec une expression d'incrédulité totale sur le visage, l'homme leva les mains en l'air. Je n'avais rien à perdre et lançai :

— Vous aussi, bas les pattes la p'tite dame.

Elle se passa la langue sur les lèvres, abaissa son automatique et s'écarta du cadavre qui gisait sur le sol.

— Eh, merde, n'allez pas l'abattre, hein, dit l'homme, j'peux me charger de lui.

Je clignai des yeux puis compris son allusion. Il avait eu peur que je tire sur le chien. Il ne s'inquiétait pas du tout pour lui-même. J'abaissai légèrement mon Luger.

— Qu'est-ce qui s'est passé ? demandai-je.

— Cette espèce de... a essayé de le chloroformer... LUI, un chien de combat !

— Je vois, dis-je, si vous avez le téléphone

vous feriez bien d'appeler l'ambulance. Sharp ne va pas durer longtemps avec une plaie comme ça dans le cou.

— J'croyais que c'était vous qui représentiez la loi, intervint la femme d'une voix sans timbre.

Je ne répondis pas. Elle se dirigea le long du mur jusqu'à un coffre-banquette sous la fenêtre où s'empilaient des journaux froissés et tendit la main vers le téléphone posé sur un tabouret. Je baissai les yeux sur le petit vétérinaire. Le sang avait cessé de couler de son cou. Jamais je n'avais vu de visage aussi blanc que le sien.

— Vous inquiétez pas pour l'ambulance, dis-je à la femme, appelez simplement la police.

L'homme en salopette abaissa les mains, mit un genou à terre et commença à tapoter le plancher en parlant au chien sur un ton engageant.

— Là, là, mon vieux, là, ça va, ça va, on est tous copains maintenant, tous copains. Là, du calme Voss.

Le chien grogna et tortilla légèrement de la croupe. L'homme continua à lui parler. Le chien cessa de grogner et les poils sur son épine dorsale se couchèrent. L'homme en salopette continua néanmoins à le cajoler. La femme assise devant la fenêtre reposa le téléphone et déclara.

— Ils arrivent. Tu crois que tu peux le faire obéir, Jerry ?

— Et comment, dit l'homme sans quitter le chien des yeux.

Le chien se détendit, fléchit sur ses pattes, s'allongea sur le ventre, ouvrit la gueule et laissa pendre sa langue. Puis le long de sa langue se mit à couler de la salive ; de la salive rose mêlée de sang. Les poils au coin de sa gueule étaient également souillés de sang.

III

L'homme qui s'appelait Jerry s'adressa au chien.

— Eh, Voss, eh, Voss mon chien, tout va bien maintenant, pas vrai, tout va bien, oui…

Le chien haletant ne bougea pas. L'homme se redressa, se rapprocha de l'animal, lui tira une oreille. Le chien tourna la tête de son côté et se laissa asticoter. L'homme lui caressa la tête, déboucla la muselière à demi-arrachée et la détacha du cou du chien. Il se redressa tenant le bout de la chaîne brisée. Le chien se mit sur ses pattes docilement et sortit à l'extérieur de la maison par la porte du fond à côté de l'homme en salopette.

Je me déplaçai légèrement pour me trouver dans l'axe de la porte. Jerry avait peut-être d'autres fusils à sa disposition. Certains détails dans ses traits me tracassaient. Comme si je l'avais déjà vu antérieurement, mais pas récemment ou alors sur la photo d'un journal.

Je me tournai vers la femme. C'était vraiment une jolie brune qui ne devait guère avoir plus de trente ans. Sa blouse imprimée jurait plutôt avec ses sourcils à l'arc délicat et ses longues mains douces et fines.

— Comment est-ce arrivé, demandai-je d'un ton négligent comme si je n'y attachais que peu d'importance.

Elle me répondit d'une voix sèche, coupante, comme si elle s'était retenue trop longtemps d'exploser.

— Nous sommes dans cette maison depuis une semaine. Nous l'avons louée meublée. J'étais dans la cuisine et Jerry dans la cour. Voilà que cette voiture s'arrête devant la maison, que ce petit type entre tout comme s'il habitait ici. La porte n'était pas fermée à clé, faut croire. J'ai entrouvert celle du fond et j'ai vu ce type qui essayait de pousser le chien dans le placard. À ce moment-là j'ai senti le chloroforme. Et puis, tout d'un coup, ç'a été le drame et je me suis précipitée pour prendre une arme et j'ai appelé Jerry par la fenêtre. Je suis revenue ici à peu près en même temps que vous entriez vous-même. Qui êtes-vous ?

— Et tout était fini ? demandai-je. Il avait mis Sharp en morceaux, par terre ?

— Oui... Si ce type s'appelle Sharp.

— Vous ne le connaissiez pas, vous et Jerry ?

— Je ne l'avais jamais vu. Pas plus que le chien. Mais Jerry aime les chiens.

— Là, il faudrait peut-être changer un peu votre version des faits, objectai-je. Jerry connaissait le nom du chien, Voss.

Ses yeux s'étrécirent et sa bouche prit une expression butée.

— Je crois que vous devez vous tromper, dit-elle d'un ton acide. Je vous ai demandé qui vous étiez, monsieur.

— Qui est Jerry ? questionnai-je, je l'ai déjà vu quelque part. Peut-être dans un canard. Et où est-ce qu'il a pêché ce fusil à canon scié ? Vous comptez le montrer aux flics cet engin ?

Elle se mordit la lèvre, puis subitement se leva, se dirigea vers le fusil toujours par terre. Je la laissai le ramasser en constatant qu'elle tenait ostensiblement la main écartée de la double détente. Elle revint jusqu'à la banquette sous la fenêtre et poussa le fusil sous la pile de journaux. Puis elle me fit face.

— Bon, alors, quel est le tarif ? fit-elle le visage fermé.

— Ce chien a été volé, répondis-je sans me presser. Il se trouve que sa propriétaire, une jeune fille, a disparu. On m'a engagé pour la retrouver. D'après ce que m'a dit Sharp les gens qui lui avaient confié le chien doivent être vous et Jerry. Leur nom était Voss. Ils sont censés déménager vers l'est. Avez-vous jamais entendu parler d'une nommée Isobel Snare ?

— Non, répondit la femme d'un ton neutre en me considérant la pointe du menton.

L'homme en salopette revint par la porte en s'essuyant la figure sur la manche de sa chemise bleue. Apparemment, il n'avait pas renouvelé son stock d'armes. Il me dévisagea sans trop paraître se frapper.

— Je pourrais peut-être vous faciliter pas mal les choses avec la police, dis-je, si vous avez quelques suggestions à me faire à propos de cette fille Snare.

La femme me regarda dans les yeux et retroussa légèrement la lèvre. L'homme eut un sourire, plutôt aimable, comme s'il avait en mains tous les atouts de la partie. Il y eut à bonne distance un hurlement de pneus témoignant d'un virage pris à vive allure.

— Ah, mettez-vous à table, repris-je vivement. Sharp avait les foies. Il a ramené le chien ici où il l'avait pris. Il a dû croire que la maison était vide. L'idée du chloroforme n'était pas brillante mais le petit gars était dans tous ses états.

Ils n'émirent pas un son, ni l'un ni l'autre. Ils se contentèrent de me regarder fixement.

— Bon, ça va, dis-je et j'allai me poster dans un coin de la pièce. Pour moi, vous êtes tous les deux en cavale. Si ça n'est pas les flics qui s'amènent je tire. Et surtout ne vous imaginez pas que j'hésiterais.

— Comme vous voudrez, maestro, dit la femme très calme.

L'instant d'après une voiture arrivait en trombe et stoppait brutalement devant la maison. Je lançai un rapide coup d'œil au-dehors, aperçus le projecteur rouge sur le pare-brise et les lettres P.D. sur le flanc. Deux énormes malabars en civil jaillirent de la voiture, franchirent le portail et foncèrent jusqu'au perron. Un poing se mit à tambouriner sur la porte.

— C'est ouvert, criai-je.

La porte s'ouvrit à la volée et les deux

poulets firent irruption à l'intérieur, pistolet au poing. Puis devant le spectacle du mort gisant sur le sol, ils s'arrêtèrent net et leurs armes pivotèrent vers Jerry et moi. Celui qui me couvrait était un gros type rougeaud, en complet gris fripé.

— Les pognes, en l'air... En l'air et vides, tonna-t-il d'une voix féroce.

Je tendis les mains en l'air mais en gardant mon Luger.

— Du calme, dis-je, c'est un chien qui l'a tué, pas un pétard. Je suis détective privé de San Angelo. Je suis ici sur une affaire.

— Ah, oui ?

Il vint vers moi, lourdement, m'enfonça le canon de son arme dans l'estomac.

— Ça se peut bien, mon pote, on verra tout ça plus tard.

Il tendit le bras en l'air, m'arracha mon Luger de la main, le renifla et enfonça un peu plus son pistolet dans mon nombril.

— T'as tiré avec, hein ? Parfait, tourne-toi.
— Écoutez...
— Tourne-toi, mon pote.

Lentement, j'obéis. Pendant que j'exécutais le mouvement, il glissa son pistolet dans une poche de sa veste et tendit la main vers sa hanche. Ce geste aurait dû me mettre sur mes gardes mais il n'en fut rien. Peut-être entendis-je le sifflement de la matraque. À coup sûr, j'en ressentis l'impact. Une large flaque d'obscurité s'étala à mes pieds. Je plongeai droit dedans et me mis à descendre, à descendre, à descendre…

IV

Quand je revins à moi, la pièce était pleine de fumée. Une fumée qui semblait pendre en minces lambeaux verticaux un peu comme un rideau de perles. Au mur du fond, deux fenêtres paraissaient ouvertes mais la fumée ne bougeait pas. Jamais je n'avais vu cette pièce jusque-là. Durant quelques instants, sans bouger, je tentai de réfléchir, puis je hurlai « Au feu ! » de toute la force de mes poumons.

Après quoi, je retombai en arrière et m'esclaffai. Même pour moi, ce rire eut une résonance macabre. J'entendis des pas rapides qui se rapprochaient, une clef tourna dans la serrure et la porte s'ouvrit. Un homme vêtu d'une courte veste blanche me regarda, l'œil dur. Je détournai un peu la tête et déclarai :

— Fais pas attention, Toto. Ça m'a échappé malgré moi.

Il fronça les sourcils. Il avait un petit visage

mauvais, des yeux en boutons de bottine. Je ne le connaissais pas.

— Tu veux peut-être que je te remette la camisole, fit-il en ricanant.

— Ça va bien, Toto, répondis-je, très bien. Je crois que je vais faire un petit somme.

— Tu ferais pas mal, oui, fit-il, hargneux.

La porte se referma, la clef tourna, les pas s'éloignèrent.

Je restai immobile à contempler la fumée. Je savais maintenant qu'il n'y avait pas de fumée en réalité. Sans doute était-ce la nuit puisqu'un globe de porcelaine pendant du plafond au bout de trois chaînes était allumé. Une guirlande de taches colorées en entourait le bord, alternativement orange et bleues.

Tandis que je les observais, elles s'ouvrirent comme de minuscules hublots et des têtes surgirent par les orifices, des têtes comme celles de petites poupées, mais vivantes. Il y avait un homme avec une casquette de yachting, une grande blonde vaporeuse et un type très maigre avec un nœud papillon de travers qui n'arrêtait pas de dire :

— Vous voulez votre steak bleu ou saignant, monsieur ?

Je pris un coin du gros drap rugueux et essuyai mon visage en sueur. Puis je m'assis et posai les pieds sur le sol. Ils étaient nus. Je portais un pyjama de gros coton pelucheux. Mes orteils étaient complètement insensibles. Au bout d'un moment, je les sentis parcourus de picotements qui se muèrent en fourmillements d'épingles. Enfin, je sentis le contact du sol et prenant appui sur le bord du lit, je me levai et tentai de marcher. Une voix qui était sans doute la mienne déclara : « T'as le delirium tremens... t'as le delirium tremens... »

Je vis une bouteille de whisky sur une petite table blanche entre les deux fenêtres. J'avançai dans sa direction. C'était une bouteille de Johnny Walker à moitié pleine. Je la saisis, bus une longue rasade au goulot et reposai la bouteille.

Le whisky avait un goût bizarre. Pendant que je prenais conscience de ce goût bizarre, je repérai un lavabo dans un coin. J'eus tout juste le temps de l'atteindre avant de vomir... Je regagnai mon lit et m'y étendis. Vomir m'avait rendu très faible, mais la pièce semblait avoir acquis un peu plus de réalité, perdu de son côté fantastique. Je vis les barreaux aux fenêtres, une chaise de bois massive. Avec la table blanche sur laquelle était posé le whisky drogué, c'était tout le mobilier de la pièce. Il y avait une porte de placard, sans doute fermée à clef.

Le lit était un lit d'hôpital avec deux fortes courroies de cuir fixées sur les côtés à peu près au niveau des poignets. Je savais que je me trouvais dans une quelconque infirmerie de prison. Soudain mon bras gauche me fit souffrir. Je remontai ma manche et remarquai une demi-douzaine de traces de piqûres au-dessus du coude avec un cercle noir et bleu autour de chaque. J'avais été tellement bourré de came pour me faire tenir tranquille que j'en perdais les pédales. Ce qui expliquait la fumée et l'apparition des petites têtes au plafonnier. Le whisky drogué faisait sans doute partie de la cure d'un autre client.

De nouveau, je me levai, fis quelques pas, me forçai à marcher. Au bout d'un moment, je bus un peu d'eau au robinet, réussis à ne pas la rejeter, en bus un peu plus. Une demi-heure de ce régime ou à peu près, et je me sentais d'attaque pour parler à quelqu'un.

La porte du placard était fermée et la chaise trop lourde pour moi. Je défis le lit, basculai le matelas de côté. Il y avait au-dessous un sommier métallique maintenu aux deux extrémités par de forts ressorts à boudin d'environ vingt centimètres de long. Il me fallut encore une bonne demi-heure pour arriver à en libérer un. Je soufflai un instant, bus encore un peu d'eau froide, allai me poster tout contre la porte et me mis à hurler à plusieurs reprises de toutes mes forces !

— Au feu !

Puis j'attendis, mais pas longtemps. Des pas coururent le long du couloir à l'extérieur. La clef cliqueta dans la serrure, le pêne claqua. Un petit bonhomme en veste blanche se rua dans la pièce, furieusement. Son regard mauvais était braqué vers le lit.

Je lui expédiai le ressort sur l'angle de la mâchoire, puis sur la nuque tandis qu'il s'affalait. Je le pris à la gorge. Il lutta un bon moment. Je lui aplatis la figure sur mon genou et j'en eus la rotule endolorie. Il ne me dit pas ce qu'il éprouvait de son côté. Je sortis une matraque de sa poche arrière droite, ôtai la clef de la porte au-dehors et la fermai à double tour au-dedans. Il avait d'autres clefs à son trousseau. L'une d'elles ouvrit le placard. J'y reconnus mes vêtements.

Lentement, je m'habillai avec des doigts très tâtonnants. Je n'arrêtais pas de bâiller. L'homme sur le plancher ne bougeait pas. Je l'enfermai dans la pièce et pris congé.

V

Au bout d'un vaste couloir silencieux au parquet ciré avec une étroite moquette au milieu, un escalier orné d'une rampe de chêne cérusé descendait en suivant une large courbe jusqu'au hall d'entrée. Çà et là s'encadraient de hautes portes massives de style vieillot. Derrière, on n'entendait pas un son. Sur la pointe des pieds, je descendis le long de la moquette. Une double porte garnie de vitraux dépolis donnait sur un vestibule au-delà duquel se trouvait la porte d'entrée. Comme j'y parvenais, un téléphone sonna. Une voix d'homme répondit au-delà d'une porte entrouverte sur une pièce dont la lumière éclairait le couloir plongé dans la pénombre.

Je revins sur mes pas, risquai un œil par l'entrebâillement de la porte, vis un homme installé à un bureau qui parlait dans l'appareil. J'attendis qu'il eut raccroché et entrai.

Il avait un visage allongé, pâle, osseux, avec

un crâne dénudé en travers duquel était collée une maigre mèche de cheveux bruns. Une expression parfaitement morne se peignait sur ses traits. Brusquement, ses yeux se fixèrent sur moi. Sa main se tendit vivement vers un bouton sur le bureau.

Je lui adressai un mince sourire en grondant :

— Faites pas ça. Je suis un homme acculé au désespoir, chef.

Et je lui montrai la matraque.

Son sourire était aussi figé que du poisson congelé. Ses longues mains pâles se mirent à gesticuler comme des papillons malades au-dessus de son bureau. L'une d'elles commença à dévier vers l'un des tiroirs latéraux du meuble. Il réussit à se dénouer la langue.

— Vous avez été très malade, monsieur. Gravement malade. Je vous déconseillerais…

Je lançai la matraque en direction de la main qui s'égarait. Elle se résorba comme une limace sur une pierre brûlante.

— Pas malade, chef, rectifiai-je. Simplement drogué à la limite de l'insanité. Ce que je veux c'est sortir, et d'abord un coup de whisky correct. Aboulez.

Il fit des gestes vagues du bout des doigts.

— Je suis le docteur Sundstrand, dit-il. Vous êtes ici dans une clinique privée, pas en prison.

— Whisky, croassai-je. Pour le reste, ça ira. Un drôle de boxon privé, oui. Un racket aux pommes. Whisky.

— Dans l'armoire à pharmacie, dit-il en exhalant un soupir.

— Mettez les mains derrière votre tête.

— Je crains que vous ne regrettiez ce geste.

Et il mit les mains derrière sa tête.

J'allai vers l'autre bout du bureau, ouvris le tiroir qu'il avait voulu atteindre et en sortis un automatique. Je rempochai la matraque et revins vers l'armoire à pharmacie. J'y trouvai une flasque de bourbon et trois verres. J'en pris deux et les remplis.

— Vous d'abord chef.

— Je... je ne bois pas. Je suis absolument au régime sec, marmonna-t-il, les mains toujours sur la nuque.

Je ressortis la matraque. Vivement, il abaissa une main et but une gorgée d'un des deux verres. Je l'observai avec attention. Il n'eut pas l'air d'en souffrir. Je flairai mon verre, puis l'expédiai d'un seul trait. L'effet fut immédiat. J'en repris un deuxième et glissai la bouteille dans la poche de ma veste.

— Bon, dis-je. Alors, qui m'a bouclé ici ? Secouez-vous un peu, je suis pressé.

— La... la police, bien sûr.

— Quelle police ?

Ses épaules s'affaissèrent contre le dossier de son fauteuil. Il avait l'air patraque.

— Un nommé Galbraith a signé comme témoin à charge. C'était strictement légal, je vous assure. C'est un officier de police.

— Depuis quand un flic peut-il signer comme témoin à charge dans un cas de dérangement mental ?

Il ne répondit pas.

— Qui m'a drogué pour commencer ?

— Je l'ignore. Je suppose que la drogue a fait effet longtemps.

Je me tâtai le menton.

— Deux jours entiers, dis-je. Ils auraient dû me flinguer. Ils risquaient moins le choc en retour. Salut chef.

— Si vous sortez d'ici, dit-il d'une voix ténue, vous serez arrêté séance tenante.

— Pas pour être simplement sorti, dis-je doucement.

Je quittai la pièce ; il avait toujours les mains derrière la tête. Il y avait une chaîne et un verrou à la porte d'entrée en plus de la serrure. Mais personne n'essaya de m'empêcher d'ouvrir. Je franchis un vieux portail et descendis une large allée bordée de fleurs. Un merle chantait dans un arbre sombre. La maison occupait un angle à l'intersection de la 29e et de Descanzo.

Je fis quatre cents mètres à pied vers l'est jusqu'à un arrêt d'autobus et attendis. Aucune alarme ne semblait avoir été donnée. Je ne vis pas trace de voiture de patrouille. Le bus arriva, je descendis vers le centre et me rendis au hammam où je m'offris un bain de vapeur, une douche glacée, une friction-massage et le reste du whisky. Je me fis également raser.

Maintenant je pouvais manger. Après m'être calé l'estomac, je me rendis dans un hôtel que je ne connaissais pas et m'y inscrivis sous un faux nom. Il était onze heures et demie. Le canard local que je lus en éclusant un whisky à l'eau supplémentaire m'informa qu'un certain docteur Richard Sharp avait été trouvé mort dans un meublé non occupé de Carolina Street et que la police se creusait la tête à ce sujet. Ils n'avaient encore trouvé aucun indice permettant de découvrir le meurtrier. La date du journal me confirma que plus de quarante-huit heures avaient été retranchées de mon existence à mon insu et sans mon consentement.

J'allai me coucher, m'endormis, fis des cauchemars et me réveillai baigné de sueur froide. C'était le dernier des symptômes de mon éclipse provisoire. Le lendemain matin, j'avais complètement récupéré.

VI

Le chef de la police, Fulwider, était un poids lourd plutôt adipeux et cabossé avec des yeux toujours en mouvement et des cheveux de cette nuance de roux qui confine au rose. Il était assez bas du cul et son crâne rose luisait sous ses cheveux roses. Il portait un complet de flanelle beige avec des poches plaquées et des revers à larges piqûres, coupé comme peu de tailleurs savent couper la flanelle. Nous nous serrâmes la main puis il tourna son fauteuil de côté et croisa les jambes. Je pus voir ainsi ses chaussettes françaises de fil à trois ou quatre dollars la paire et ses souliers anglais cousus main à quinze ou dix-huit dollars, tarif de crise. J'en conclus que sa femme devait avoir pas mal d'argent.

— Ah, Carmady, fit-il en repoussant ma carte sur le dessus de verre de son bureau, avec deux *a*, hein ? Et vous êtes par ici sur un travail ?

— J'ai eu des petites difficultés, dis-je. Vous pourriez me tirer d'affaire si vous le vouliez.

Il bomba le torse, agita une main rose et baissa la voix de deux crans.

— Les ennuis, déclara-t-il, nous n'en avons pratiquement pas dans notre petite cité. C'est une agglomération très modeste mais où tout est propre, très propre. Je regarde par ma fenêtre ouest et je vois le Pacifique. Rien de plus propre que ça. Au nord Aguello Boulevard et les collines. À l'est, le plus joli petit quartier commercial qu'on puisse rêver et au-delà, un paradis de maisons et de jardins parfaitement tenus. Au sud, si j'avais une fenêtre sud, ce qui n'est pas le cas, je verrais le meilleur petit port de plaisance du monde, — pour un petit port de plaisance.

— J'ai amené mes ennuis avec moi, dis-je, ou plus exactement, une partie ; le reste a suivi. Une fille nommée Isobel Snare a disparu de chez elle dans la grande ville et son chien a été vu ici. J'ai retrouvé le chien, mais les gens qui gardaient ce chien se sont donné un mal fou pour me posséder.

— Ah vraiment ? fit le chef d'un air absent.

Ses sourcils exécutèrent un mouvement de

rotation sur le front. Je me demandais si je le bluffais ou si c'était lui qui me bluffait.

— Allez donc tourner la clef dans la porte, dit-il. Vous êtes plus jeune que moi.

Je me levai, allai tourner la clef, revins me rasseoir et pris une cigarette. Entre-temps, le chef avait disposé sur le bureau une bouteille d'aspect sympathique, deux verres et une poignée de graines de cardamone. Nous prîmes un verre, il croqua trois ou quatre graines de cardamone que nous mastiquâmes tout en nous regardant.

— Expliquez-moi un peu votre histoire, dit-il. Maintenant, je suis prêt à vous écouter.

— Avez-vous jamais entendu parler d'un nommé Farmer Saint ?

— Si j'ai... (Il assena un coup de poing sur son bureau et les graines sautèrent.) Il y a mille tickets à la clef pour sa capture. Un pilleur de banques, non ?

J'acquiesçai, essayant de scruter au-delà de son regard sans en avoir l'air.

— Lui et sa sœur travaillaient ensemble. Elle s'appelle Diana. Ils se fringuent en péquenots et attaquent les banques dans les petits patelins, des banques d'État. C'est pour ça qu'on l'appelle Farmer Saint. Il y a aussi mille dollars pour la sœur.

— Ça, j'aimerais beaucoup leur passer les bracelets à tous les deux, affirma le chef avec fermeté.

— Eh ben, qu'est-ce que vous attendez, bon sang ? lui demandai-je.

Il ne sauta pas tout à fait jusqu'au plafond mais il ouvrit la bouche si grand que j'eus peur de voir tomber sa mâchoire inférieure sur ses genoux. Les yeux lui sortaient de la tête comme des œufs durs. Un filet de salive lui apparut au coin des lèvres. Enfin, il ferma la bouche avec toute la résolution d'une pelle à vapeur. Le numéro était très au point, si c'était un numéro.

— Répétez-moi ça, murmura-t-il.

J'ouvris un journal plié que je tenais et pointai le doigt sur une colonne.

— Regardez cette affaire du meurtre Sharp. Votre journal local n'a pas fait d'étincelles dans son article. Il raconte que sur un coup de fil anonyme, la police a foncé à l'adresse indiquée pour trouver un macchabée dans une maison vide. Foutaises. J'étais là. Farmer Saint et sa sœur aussi. Et vos flics étaient là quand nous y étions tous les trois.

— Trahison ! s'exclama-t-il soudain. Des traîtres dans le service.

Son visage était maintenant aussi verdâtre qu'un papier tue-mouches à l'arsenic. D'une main mal assurée, il servit deux autres verres. C'était mon tour de faire éclater les graines de cardamone.

Il siffla sa gnôle d'une lampée et se rua sur un interphone d'acajou posé sur son bureau. J'entendis au passage le nom de Galbraith. J'allai tourner la clef à la porte fermée.

Nous n'attendîmes pas très longtemps, mais suffisamment pour que le chef se tape encore deux autres verres. Sa figure commençait à prendre une meilleure couleur. Puis la porte s'ouvrit et le gros flic à la figure congestionnée qui m'avait matraqué fit son entrée, une courte pipe entre les dents et les mains dans ses poches. Il referma la porte d'un coup d'épaule et s'adossa négligemment au panneau.

— Salut, sergent, dis-je.

Il me regarda comme s'il mourait d'envie de m'expédier son pied en pleine poire en prenant tout son temps.

— Votre insigne ! glapit le chef. Votre insigne ! Posez-le sur le bureau. Vous êtes saqué.

Galbraith vint lentement vers le bureau, s'y appuya d'un coude, se pencha en avant et colla son nez à trente centimètres de celui du chef.

— Ce que c'est que cette plaisanterie ? demanda-t-il d'une voix grasseyante.

— Vous aviez Farmer Saint sous la main et vous l'avez laissé filer, cria le chef, vous et ce crétin de Duncan. Vous l'avez laissé vous braquer avec son fusil et se tirer. Vous êtes liquidé. Pour vous, c'est fini, la musique. Donnez-moi votre insigne !

— Qui c'est, Farmer Saint ? demanda Galbraith, nullement impressionné et il souffla un nuage de fumée à la figure du chef.

— Il ne sait pas ! gémit le chef, tourné vers moi. Il ne sait pas. Voilà avec quoi je dois travailler.

— Comment ça, travailler ? s'enquit Galbraith d'un ton détaché.

Le chef sauta comme si une guêpe lui avait piqué le bout du nez. Puis il serra un poing adipeux et l'expédia à la mâchoire de Galbraith avec, apparemment, une dose d'énergie considérable. La tête de Galbraith bougea à peine d'un centimètre.

— Faites donc pas ça, dit-il. Vous allez vous coller une hernie et ensuite, où en sera le service ? (Il me lança un bref coup d'œil, puis revint à Fulwider.) Faut-il que je lui dise ?

Fulwider me regarda pour voir comment je réagissais au numéro en cours.

J'avais la bouche ouverte et l'air parfaitement ahuri d'un petit péquenot à son premier cours de latin au séminaire.

— C'est ça, dites-lui, gronda Fulwider en faisant jouer ses jointures.

Galbraith balança une jambe par-dessus l'angle du bureau, vida sa pipe, tendit la main vers le whisky et se servit à boire dans le verre du chef. Puis il s'essuya les lèvres et sourit. En souriant, il ouvrit la bouche, si largement qu'un dentiste aurait pu y enfoncer les deux bras jusqu'aux coudes.

— Quand Dune et moi on est entrés dans la baraque, dit-il calmement, vous étiez par terre dans le cirage et le grand échalas vous assaisonnait avec sa matraque. La poule était assise devant la fenêtre, des journaux étalés partout autour d'elle. Bon. L'échalas se met à nous baratiner quand un chien commence à brailler vers le fond. On va jeter un coup d'œil et voilà que la poule sort un 12 de chasse à canon scié de dessous les journaux et nous le braque dessus. Alors qu'est-ce qu'on pouvait faire, sauf filer doux ? Elle pouvait pas nous rater. Nous oui. Alors le gars sort encore d'autres pétards de son froc et tous les deux ils nous ficellent et nous bouclent dans un placard avec assez de chloroforme dedans pour qu'on ne bouge plus, même sans être ligotés. Au bout d'un moment, on les entend partir avec deux bagnoles. Quand on a réussi à se dégager, y restait plus que le macchab. Alors on l'a un peu fouillé pour trouver ses papiers. Pour l'instant, on n'a rien dégoté de nouveau. Et vous, de votre côté, ça marche ?

— Pas mal, dis-je. Si je me souviens bien, la bonne femme a appelé elle-même la police. Mais peut-être que je me trompe. Pour le reste, je me souviens d'avoir été sonné pour le compte sans avoir eu le temps de faire ouf.

Galbraith me décocha un regard fielleux. Le chef contemplait son pouce.

— Quand j'ai refait surface, repris-je, je me trouvais dans une espèce de clinique privée de la 29ᵉ Rue tenue par un nommé Sundstrand, une taule où on vous soigne à coups de gnôle et de came. J'étais moi-même tellement drogué jusqu'aux yeux que j'aurais pu me prendre pour un derviche tourneur en goguette.

— Ce Sundstrand, commenta Galbraith d'une voix appuyée, y a un bout de temps qu'il nous fait dans les bottes. Si on allait lui frotter un peu les oreilles, d'accord, chef ?

— Ça ne fait pas un pli que c'est Farmer Saint qui a fourré Carmady dans ce coupe-gorge, affirma Fulwider d'un ton solennel. Donc il y a sûrement du louche là-dedans. Vous avez raison. Allez donc là-bas et emmenez Carmady avec vous. Ça vous va ? suggéra-t-il.

— Si ça me va, dis-je d'un ton chaleureux.

Galbraith regarda la bouteille de whisky.

— Y a mille dollars de récompense pour chacun, fit-il observer, prudent. Saint et sa sœur, je veux dire. Si on les ramasse, comment on partage ?

— Moi, je ne suis pas dans le coup, dis-je. Je touche mes honoraires plus les frais.

Galbraith grimaça à nouveau un sourire. Il

oscilla sur les talons, avec une expression de pesante amabilité.

— O.K., doc, fit-il. Votre bagnole est dans le garage en bas. On a reçu un coup de fil d'un Jap à son sujet. On va la prendre pour aller là-bas ; rien que nous deux.

— Vous auriez peut-être besoin d'un peu de renfort, Gal, dit le chef d'un ton incertain.

— Pas la peine. Lui et moi, ça suffit. C'est un gars coriace, sinon il serait pas debout sur ses pattes.

— Bon, parfait, dit le chef d'un ton réjoui. On va tout de suite commencer par arroser ça.

Mais il était encore sous le coup et il oublia les graines de cardamone.

VII

En plein jour, c'était un endroit tout à fait riant. Des bégonias rose thé fleurissaient en masse compacte sous les fenêtres de la façade et un massif de pensées formait comme un anneau à la base d'un acacia. Un rosier rouge grimpant s'épanouissait sur un treillage mural sur l'un des flancs du bâtiment. Dans un fouillis de pois de senteur montant contre le mur du garage chantait une mésange. On eût dit la maison d'un vieux couple venu s'installer au bord de l'océan pour y savourer dans son vieil âge le maximum de soleil.

Galbraith cracha sur le marchepied, vida sa pipe, ouvrit le portail, remonta l'allée et écrasa le pouce contre la luisante sonnette de cuivre. Nous attendîmes. Un voyant grillagé s'ouvrit dans le panneau et un long visage blême nous observa sous une coiffe d'infirmière.

— Ouvrez. Police, grogna le gros flic.

Une chaîne cliqueta et un verrou coulissa.

La porte s'ouvrit. L'infirmière avait plus d'un mètre quatre-vingts avec de longs bras et des mains puissantes, une assistante pour un bourreau. Un changement se produisit sur ses traits et je vis qu'elle souriait.

— Mais c'est m'sieu Galbraith, glapit-elle d'une voix à la fois rauque et haut perchée. Comment ça va, m'sieur Galbraith ? Vous voulez voir le docteur ?

— Ouais et tout de suite, grommela Galbraith en la poussant de côté.

Nous traversâmes le hall. La porte du bureau était fermée. Galbraith l'ouvrit d'un coup de pied avec moi sur ses talons et l'infirmière géante piaillant sur les miens. Le docteur Sundstrand, l'homme au régime sec, une nouvelle bouteille à peine entamée devant lui, s'offrait un petit remontant du matin. La transpiration lui collait au crâne de rares mèches de cheveux et sur le masque osseux de son visage s'inscrivaient des rides que je ne lui avais pas remarquées la veille au soir.

Il détacha vivement la main de la bouteille et nous gratifia de son sourire de poisson congelé.

— Qu'est-ce que c'est ? Qu'est-ce que c'est ? fit-il d'un ton pincé. Je croyais avoir donné des ordres...

— Ah, arrête ton char, coupa Galbraith en tirant à lui un siège près du bureau, allez, du vent, la mère.

L'infirmière émit encore quelques piaillements et refranchit la porte qui se referma. Le docteur Sundstrand promena son regard sur mon visage et prit un air malheureux.

Galbraith posa les deux coudes sur le bureau et se cala les bajoues sur les poings. Puis il fixa un regard venimeux sur le docteur qui se tortillait dans son fauteuil. Après ce qui parut un long moment, il demanda d'une voix presque douce :

— Où est Farmer Saint ?

Le docteur ouvrit de grands yeux. Sa pomme d'Adam tressauta par-dessus le col de sa blouse. Ses yeux verdâtres prirent une nuance bilieuse.

— Pas d'échappatoire, rugit Galbraith. On sait tout sur votre racket de clinique privée, cette planque de malfrats que vous tenez, le trafic de drogue et de gonzesses par-dessus le marché. Vous avez trop tiré sur la ficelle en bouclant chez vous ce privé de la grande ville. Et la protection de tous les gros bonnets ne vous servira à rien cette fois-ci. Alors j'attends. Où est Saint ? Et où est cette souris ?

Je me souvins, incidemment, que je n'avais pas fait la moindre allusion à Isobel Snare devant Galbraith, — si c'était bien d'elle qu'il s'agissait.

La main du docteur Sundstrand voltigea au-dessus de son bureau. Une expression de total ahurissement couronna sur ses traits la gêne qui le paralysait.

— Où sont-ils ? brailla de nouveau Galbraith.

La porte s'ouvrit et l'énorme nurse réapparut, l'air affairée.

— Voyons, monsieur Galbraith, les malades. Je vous en prie, pensez aux malades, monsieur Galbraith.

— Allez vous faire dorer, lui lança Galbraith par-dessus son épaule.

Elle s'attardait sur le seuil, irrésolue.

Sundstrand finit par retrouver sa voix, un mince filet de voix.

— Comme si vous ne le saviez pas, dit-il avec lassitude.

Puis sa main fouilla dans sa blouse et en

ressortit tenant un automatique luisant. Galbraith se jeta de côté à bas de sa chaise. Le docteur pressa la détente deux fois et deux fois le manqua. Ma main tâta la crosse de mon pistolet, mais je ne le sortis pas de son étui. Galbraith qui, par terre, rigolait, plongea son énorme patte sous son aisselle et en tira un Luger, un Luger qui ressemblait beaucoup au mien. Il n'y eut qu'une détonation. Rien ne changea dans le long visage du docteur. Je ne vis pas où la balle l'avait touché. Sa tête s'abattit en avant sur son bureau et son pistolet heurta le sol avec bruit. Puis il s'immobilisa, la face contre le plateau du meuble.

Galbraith braqua son arme sur moi en se relevant. Je regardai de nouveau le pistolet. J'étais sûr que c'était bien mon Luger.

— Un truc au poil pour obtenir des tuyaux, dis-je vaguement.

— Bas les pattes, privé. Pas de petit jeu avec moi. J'abaissai les mains.

— Charmant, fis-je. Je suppose que tout ça était monté uniquement pour refroidir le toubib.

— Il a tiré le premier, non ?

— Ouais, fis-je d'une voix neutre. Il a tiré le premier.

L'infirmière rampait vers moi le long du mur. Elle avait cessé d'émettre le moindre son depuis que Sundstrand avait commencé son numéro. Elle était presque à mes côtés. Soudain, beaucoup trop tard, je vis l'éclat métallique des jointures d'acier sur sa main droite et des poils sur le dos de cette main. Je plongeai pour esquiver mais insuffisamment et encaissai sur la tête un coup violent qui me donna l'impression d'avoir le crâne ouvert en deux. Je me ramassai contre le mur, les genoux pleins d'eau et ma cervelle fonctionnant dur pour empêcher ma main droite de saisir mon pétard.

Péniblement, je me redressai. Galbraith me regardait en ricanant.

— Pas très malin, dis-je. Tu tiens toujours mon Luger. Ça risque de foutre en l'air ta combine, pas vrai ?

— Je vois que t'as saisi la coupure, privé.

Au milieu d'un silence, l'infirmière à la voix pépiante déclara :

— Mince, ce type-là a une mâchoire en béton armé. C'est tout juste si je me suis pas crevé les jointures dessus.

Un reflet meurtrier passa dans les yeux de Galbraith.

— Et là-haut ? demanda-t-il à l'infirmière.
— Tous sortis hier soir. Je lui en refile encore une dose ?
— Pour quoi faire ? Il n'a pas cherché à tirer son feu et il est trop dur pour toi, bébé. C'est du plomb qu'il faut lui coller dans le buffet.
— Tu devrais raser bébé deux fois par jour sur des boulots comme ça, fis-je observer.

L'infirmière grimaça un sourire, repoussa en arrière sa coiffe amidonnée et sa perruque blonde en baguettes de tambour sur un crâne passé au papier de verre. Elle... — ou plutôt il — sortit un flingue de dessous sa blouse blanche d'uniforme.

— C'était de la légitime défense, tu piges ? dit Galbraith. Tu as eu un accrochage avec le toubib mais il a tiré le premier. Fais pas le méchant et Dunc et moi, on essaiera de s'en rappeler.

Je me frictionnai la mâchoire de la main gauche.

— Écoutez, sergent, je comprends la plaisanterie comme un autre. Vous m'avez matraqué dans cette baraque de la Carolina Street et n'en avez pas dit mot. Moi non plus. Je suppose que vous aviez vos raisons pour m'estourbir sur le moment. J'ai peut-être même bien mes idées sur ces raisons. Je crois que vous savez où est Farmer Saint ou que vous pouvez le savoir. Saint, lui, sait où est la fille, puisqu'il avait son chien. Intéressons un peu plus le marché, qu'on en profite un peu plus tous les deux.

— Nous, on est déjà servis connard. J'ai promis au toubib de te ramener ici pour qu'il puisse s'amuser un peu avec toi. Dunc s'est chargé de jouer les infirmières, histoire de te mettre à point pour le toubib. Mais c'était lui à qui on en voulait vraiment.

— Parfait, dis-je. Et qu'est-ce que je retire, de tout ça ?

— La chance de vivre un peu plus peut-être.

— Je vois. Croyez surtout pas que je vous fais marcher, mais regardez donc cette petite fenêtre dans le mur derrière vous.

Galbraith ne bougea pas, ne me lâcha pas des yeux. Un rictus lourdement ironique lui étira les lèvres.

Duncan, le travesti, regarda, et poussa un cri.

Une petite vitre carrée de couleur, très haut dans le coin du mur au fond, s'était ouverte sans le moindre bruit. Le regard fixé sur l'ouverture au-delà de l'oreille de Galbraith, je vis le canon d'une mitraillette calé sur le rebord et juste dans l'axe deux yeux noirs à l'expression féroce. Une voix que j'avais récemment entendue calmer un chien ordonna :

— Lâche ton flingue, nounou. Et toi, au bureau, les mains en l'air.

VIII

Galbraith ouvrit grand la bouche comme pour reprendre son souffle. Puis tout son visage se contracta, il fit volte-face et le Luger claqua une seule fois. Je m'aplatis sur le sol à l'instant où la mitraillette lachait une brève rafale. Galbraith s'écroula à côté du bureau et tomba sur le dos, les jambes tordues. Le sang se mit à couler de son nez et de sa bouche.

Le flic en infirmière devint aussi blanc que sa coiffe. Son pistolet lui tressauta dans la main. Ses mains se tendirent comme pour agripper le plafond. Il y eut un silence étrange, comme hébété. Une âcre odeur de poudre flottait dans la pièce. De son perchoir à la fenêtre, Farmer Saint s'adressa à quelqu'un au-dehors de la maison. Une porte s'ouvrit et se referma et des pas précipités retentirent dans le hall. La porte de la pièce s'ouvrit brusquement. Diana Saint fit irruption, armée jusqu'aux dents. Elle était grande, belle, sombre, avec son petit chapeau noir penché sur l'oreille et ses mains gantées tenant chacune un automatique.

Je me relevai, les mains bien en vue. D'une voix calme, elle lança vers la petite fenêtre sans la regarder :

— Ça va, Jerry. Je les ai en main.

La tête de Saint, ses épaules et sa mitraillette disparurent de l'encadrement de la fenêtre, découvrant un carré de ciel bleu sur lequel se détachaient les branches lointaines d'un grand arbre.

Il y eut un choc mat comme si des pieds avaient atterri au bas d'une échelle sur un porche de bois. Dans la chambre, nous étions cinq statues, dont deux gisant à terre.

Il fallait que quelqu'un se décide à bouger. La situation appelait deux cadavres de plus. Du point de vue de Saint, je ne voyais vraiment pas d'autre solution. Il fallait faire un nettoyage par le vide complet.

Le truc n'avait pas marché quand ça n'était pas un truc. Je l'essayai de nouveau maintenant que c'en était un. Ostensiblement, je regardai au-dessus de l'épaule de la jeune femme, arborai un large sourire plutôt crispé et dis d'une voix rauque :

— Salut, Mike, t'arrives juste à temps.

Elle ne marcha pas une seconde mais se raidit dans une crise de fureur subite. Elle me lâcha un pruneau du pétard qu'elle tenait à la main droite. C'était un très gros calibre pour une femme et il tressauta dans sa main. L'autre flingue suivit le mouvement. Je ne vis pas où les balles se perdaient et piquai une tête sous les deux pistolets.

Je heurtai Diana Saint de l'épaule à mi-cuisse. Elle bascula en arrière et se cogna la tête contre le montant de la porte. Sans beaucoup la ménager, je lui fis sauter les deux flingues des mains. D'un coup de pied, je fermai la porte et tournai la clef, puis m'éloignai en rampant d'un soulier à talon aiguille qui faisait de son mieux pour me démolir le nez.

— Impec, fit Duncan et il se jeta à plat ventre pour ramasser son pistolet sur le sol.

— Fais gaffe à la petite fenêtre si tu tiens à ta peau, lui lançai-je, hargneux.

L'instant d'après, j'étais accroupi derrière le bureau, tirant le téléphone à l'écart du cadavre de Sundstrand, le traînant aussi loin que possible hors de l'axe de la porte. Puis couché par terre sur le dos, avec l'appareil sur l'estomac, je commençai à former un numéro. Diana repéra le téléphone et ses yeux se dilatèrent. Elle hurla :

— Ils m'ont eue, Jerry ! Ils m'ont eue !

La mitraillette se mit à déchiqueter la porte tandis que je braillais à l'oreille d'un flic de service à moitié endormi. Des débris de bois et de plâtre volaient en tous sens comme à un mariage irlandais, des balles secouèrent le corps du docteur Sundstrand comme si un miracle l'avait ramené à la vie. Je rejetai le téléphone de côté, empoignai les deux flingues de Diana et déclenchai la fusillade de mon côté de la porte. À travers une large fente, j'entrevis un bout de tissu. Je tirai dessus. Je ne pouvais pas voir ce que faisait Duncan. Puis je compris. Une balle qui n'avait pas pu traverser la porte toucha Diana Saint à la pointe du menton. Elle s'écroula de nouveau et ne bougea plus. Un autre projectile qui ne venait pas de l'extérieur souleva mon chapeau. Je roulai sur moi-même et vociférai à l'adresse de Duncan. Son pistolet décrivit un arc bref, suivant de près mes mouvements.

Un rictus bestial lui déformait la bouche. Je recommençai à brailler. Quatre trous ronds et rouges apparurent en diagonale sur l'uniforme d'infirmière au niveau de la poitrine. Le temps que Duncan s'écroule à terre, ils avaient déjà doublé de diamètre.

Une sirène s'éleva quelque part. C'était ma sirène. Elle se rapprochait rapidement. La mitraillette cessa de tirer et un pied cogna dans la porte. Elle vibra mais la serrure tenait bon. J'expédiai quatre pruneaux supplémentaires dans le panneau, assez à l'écart de la serrure.

La sirène hululait beaucoup plus fort. Saint n'avait plus qu'à filer. Je l'entendis s'éloigner au pas de course dans le couloir. Une portière claqua. Une voiture démarra en marche arrière. Puis le ronflement du moteur décrut tandis que le bruit de la sirène s'élevait en crescendo.

Je rampai jusqu'à la jeune femme, regardai le sang sur son visage, ses cheveux, les auréoles sanglantes sur le devant de son manteau. Je lui effleurai la figure du bout des doigts. Lentement, elle ouvrit les yeux comme si ses paupières étaient très lourdes.

— Jerry..., murmura-t-elle.

— Mort, mentis-je durement. Où est Isobel Snare, Diana ?

Ses yeux se fermèrent. Des larmes brillèrent, les larmes de l'agonie.

— Où est Isobel, Diana ? repris-je d'un ton de prière. Soyez réglo, dites-moi. Je ne suis pas un flic. Je suis son ami. Dites-moi, Diana.

J'avais mis dans mon accent tout ce que je pouvais de tendresse implorante. Elle entrouvrit les yeux. À nouveau sa voix chuchotante s'éleva. Dans un souffle, elle prononça un mot qui ressemblait à « Monty ». Ce fut tout. Elle mourut lentement. Je me redressai et écoutai les sirènes.

IX

Il commençait à se faire tard et des lumières s'allumaient çà et là dans un grand immeuble commercial juste en face. J'avais passé tout l'après-midi dans le bureau de Fulwider. Je lui avais raconté mon histoire vingt fois. C'était vrai de A à Z, — ce que je lui avais dit. Les flics avaient multiplié les allées et venues, les types du service balistique, du piano, les sténos, les reporters, une demi-douzaine d'officiels locaux, même un correspondant de l'A.P. Ce correspondant n'avait pas apprécié les tuyaux fournis et ne s'en était pas caché. Le chef était en nage et soupçonneux. En bras de chemise, il avait les aisselles noires et sa tignasse rousse coupée court était frisée comme au petit fer. Ignorant si j'en savais plus long ou pas, il n'osait pas me bousculer. Tout ce qu'il pouvait faire, c'était tour à tour pousser un coup de gueule ou gémir tout en essayant de me saouler entre-temps. Effectivement, je commençais à me noircir et ça me plaisait assez.

— Mais vraiment, personne n'a rien dit du tout, se lamenta-t-il pour la centième fois.

Je me servis un autre verre, l'enveloppai des doigts, pris l'air idiot.

— Pas un mot, chef, dis-je, l'œil rond. Croyez-moi sur parole. Ils ont clamsé trop vite.

Il s'empoigna la mâchoire à se la disloquer.

— C'est quand même bigrement curieux, fit-il, sarcastique. Quatre macchabées et vous ne récoltez même pas une égratignure.

— J'ai été le seul à me coucher pendant que j'étais encore entier, expliquai-je.

Il se saisit l'oreille droite et se la tritura sauvagement.

— Vous êtes ici depuis trois jours, beugla-t-il. Et en trois jours, on a eu plus de crimes ici qu'en trois ans avant que vous débarquiez. C'est pas humain. Je dois faire un cauchemar.

— Vous ne pouvez pas m'en vouloir, chef, marmonnai-je. Je suis arrivé à la recherche d'une fille. Je la cherche toujours. Je n'ai pas dit à Saint et à la souris de venir se planquer dans votre patelin. Quand je l'ai repéré, je vous ai alerté, bien que vos flics s'en soient bien gardés. Je n'ai pas abattu le docteur Sundstrand avant qu'on ait rien pu tirer de lui. Je n'ai pas encore compris pourquoi cette infirmière bidon se trouvait sur les lieux.

— Moi non plus, brailla Fulwider. Mais c'est moi qui risque de me retrouver sur la paille. Étant donné les chances qui s'offrent de sortir de ce merdier, autant partir à la pêche tout de suite.

Je pris encore un verre, lâchai un hoquet jovial.

— Dites pas ça, chef, plaidai-je. Vous avez nettoyé la ville une fois et vous pouvez recommencer. C'est simplement une balle vicieuse qu'a fait un mauvais rebond.

Il fit le tour de son bureau, essaya de crever le mur du fond d'un coup de poing et alla se rasseoir d'un bloc dans son fauteuil. Il me lança un coup d'œil furibond, voulut empoigner la bouteille de whisky, mais n'y toucha pas, — comme si la gnôle risquait de lui faire plus de bien dans mon estomac.

— Je vais vous proposer un marché, grommela-t-il. Vous faites table rase pour San Angelo et j'oublie que c'est votre flingue qui a refroidi Sundstrand.

— C'est pas gentil de dire ça à un homme qui se donne tant de mal pour gagner sa croûte, chef. Vous savez très bien pourquoi c'est mon flingue qui a tiré.

Son visage reprit une couleur grisâtre, du moins quelques instants. Il prenait mes mesures pour ma mise en bière. Puis ce moment d'humeur passa et tapant sur son bureau, il déclara avec chaleur :

— Vous avez raison, Carmady. Je ne pourrais pas faire ça. Il faut toujours que vous retrouviez cette fille, pas vrai ? Bon ; retournez donc en vitesse à l'hôtel pour vous y reposer. Je travaillerai sur l'affaire cette nuit et je vous verrai demain matin.

J'éclusai mon dernier godet, — un petit fond qui restait dans la bouteille. Je me sentais en pleine forme. Nous échangeâmes une double poignée de main et je sortis en titubant du bureau. Des flashes de photographes explosèrent dans tout le couloir. Je descendis les marches de la mairie et tournai l'angle du bâtiment pour aller vers le garage de la police. Ma Chrysler bleue avait regagné le bercail. Je laissai tomber mon numéro de soulographe, descendis par les petites rues latérales vers le front de mer et le long de la large promenade cimentée, pris la direction des deux jetées-kermesses et du Grand Hotel. Le crépuscule tombait. Les jetées commencèrent à s'illuminer. Aux mâts des petits voiliers à l'ancre derrière le brise-lames du port des yachts s'allumaient les feux de position. Dans un comptoir barbecue peint en blanc un homme faisait tourner des saucisses au bout d'une longue fourchette et psalmodiait :

— Régalez-vous, bonnes gens. Par ici les hot dogs tout frais. Régalez-vous.

J'allumai une cigarette et m'immobilisai, contemplant la mer. Soudain, au loin, des chapelets de lumière s'allumèrent sur un des gros navires. Je les observai, mais rien ne bougeait. Je m'approchai du gars qui tenait le comptoir.

— Il est à l'ancre ? demandai-je, le bras tendu.

Il jeta un coup d'œil vers le bout de sa baraque et fronça le nez d'un air de mépris.

— Ça, fit-il, c'est le tripot flottant. La Croisière pour Nulle Part, comme ils disent, puisque le rafiot reste sur place. Pour l'arnaque, vous trouverez pas mieux. Oui, m'sieu, cette barcasse, c'est le Montecito. Je vous sers un petit chien bien chaud ?

Je posai une petite pièce sur son comptoir.

— Servez-vous vous-même, dis-je aimablement. Où est la station de taxis ?

Je n'étais pas armé et je retournai à l'hôtel prendre le dernier flingue qui me restait.

Diana Saint en mourant avait dit « Monty ». Peut-être n'avait-elle pas vécu assez longtemps pour aller jusqu'à « Montecito ».

À l'hôtel, je m'étendis et sombrai dans le néant comme si j'avais été anesthésié. Il était huit heures quand je me réveillai et je me sentais l'estomac creux.

En sortant de l'hôtel, je fus pris en filature, mais pas longtemps. Naturellement, le crime était trop rare dans ce petit trou si propre pour que les poulets soient de bons pisteurs.

X

Pour quarante cents, c'était un long trajet. Le taxi de mer, une vieille vedette dépourvue de tout confort, glissa parmi les yachts au corps mort et contourna le brise-lames. Aussitôt la houle nous secoua durement. Mes compagnons de voyage à l'exception du citoyen à l'air vachard qui tenait la barre se limitaient à deux couples de tourtereaux qui se mirent à se picorer le portrait dès que l'obscurité nous eut enveloppés.

Je contemplai les lumières de la ville en m'efforçant de ne pas trop penser à mon dîner. Diamants éparpillés tout d'abord, les points lumineux se soudèrent peu à peu pour former comme un scintillant bracelet posé dans la vitrine de la nuit. Puis, par-dessus les ondulations des vagues ils se fondirent dans une sorte de halo orangé. La vedette se cognait aux lames invisibles et tapait dans les creux comme un hors-bord. Un brouillard froid flottait dans l'air. Les hublots du Montecito grossirent, la vedette décrivit un large cercle, vira sous un angle de quarante-cinq degrés et vint se ranger sans heurt au-dessous d'un balcon brillamment éclairé à flanc de coque. Le moteur tournant au ralenti eut une série de ratés dans le brouillard.

Un jeune gars à l'œil froid avec une bouche de gangster et vêtu d'un spencer bleu ajusté tendit la main aux filles, enveloppa leurs chevaliers servants d'un regard acéré et les expédia vers le pont supérieur. Le coup d'œil qu'il me lança me renseigna déjà sur son compte. La façon dont il toucha mon étui baudrier m'en dit encore plus.

— Nib, fit-il doucement. Nib.

Il fit un signe du menton au gars de la vedette. Celui-ci passa un bout sur une bitte d'amarrage, tourna sa barre, grimpa sur le balcon et se campa derrière moi.

— Nib, répéta le type en spencer. Pas de pétoire sur ce bateau. Je regrette.

— Ça fait partie de ma tenue, expliquai-je. Je suis détective privé. Je vais le déposer au vestiaire.

— Je regrette, gars. Pas de vestiaire pour soufflants. Bon voyage.

Le gars de la vedette me crocha solidement le bras droit. Je haussai les épaules.

— Allez, on reprend le bateau, grogna mon marin chauffeur derrière moi. Je vous dois quarante cents pour la course. Allons-y.

Je redescendis dans la vedette.

— Bon, ça va, balbutiai-je à l'adresse du spencer bleu. Si vous voulez pas de mon argent, tant pis pour vous. Vous avez des drôles de façons de traiter les visiteurs, c'est une...

Son sourire muet et fielleux fut la dernière chose que je vis tandis que la vedette se déhalait pour affronter de nouveau la houle en sens inverse. Ça me faisait mal au cœur d'abandonner un sourire pareil. Le trajet de retour me parut plus long. Je ne dis pas un mot à mon marin et il ne me dit pas un mot. Comme je grimpais sur le ponton amarré à la jetée, il me décocha dans le dos :

— Ça sera pour un autre soir, quand on sera moins occupés, privé.

Une demi-douzaine de clients en attente me dévisagèrent. Je leur passai devant, puis devant la porte de l'abri aménagé sur le ponton et me dirigeai vers les marches qui donnaient accès à la jetée. Un costaud à cheveux rouges, en sandales crasseuses, son pantalon taché de goudron et son pull-over bleu déchiré se détacha de la rambarde à laquelle il était accoudé et me heurta comme par hasard. Je m'arrêtai, sur le qui-vive.

— C'qui n'va pas, mec. Pas moyen de monter sur ce rafiot pourri ?

— Tu veux que je te raconte ma vie ?

— Je suis un gars capable d'écouter.

— Qui tu es ?

— Appelez-moi Rouquin, ça suffira.

— Alors, pousse-toi de là, Rouquin. J'ai pas de temps à perdre.

Il eut un sourire triste, me toucha le côté gauche.

— L'est plutôt voyant, ce flingue, sous un complet d'été, dit-il. Vous voulez monter à bord ? On pourrait s'arranger si vous avez une bonne raison.

— Et c'est combien, pour la raison ? m'enquis-je.

— Cinquante tickets. Dix de plus si vous saignez dans mon bateau.

Je fis mine de le planter là.

— Vingt-cinq en tout, reprit-il vivement. Vous reviendrez peut-être avec des amis, non ?

Je m'éloignai de quatre pas puis me tournai à demi et lui dis :

— C'est d'accord.

À la base de la jetée-kermesse illuminée était installée une espèce de loterie à la façade racoleuse déjà bondée même en ce début de soirée. J'y entrai, m'appuyai contre un mur et regardai deux numéros monter sur le tableau électrique, puis je vis l'un des croupiers donner un signal d'un coup de genou sous le comptoir. Une ombre bleue prit corps à côté de moi et je sentis une odeur de goudron. Une voix douce, profonde, mélancolique, me proposa :

— Vous avez besoin d'un coup de main là-bas ?

— Je cherche une fille mais je m'en chargerai seul. C'est quoi, ton racket ? lui demandai-je sans le regarder.

— Un dollar par-ci par-là. J'aime bien bouffer. J'étais flic, mais ils m'ont viré.

Cet aveu de sa part me fit bonne impression.

— Tu devais être trop réglo, dis-je et j'observai l'un des croupiers qui glissait sa carte du pouce sur le mauvais numéro, puis le banquier au comptoir plaça le pouce au même endroit pour y maintenir la carte.

Je perçus le ricanement du Rouquin à côté de moi.

— Je vois que vous connaissez déjà pas mal notre patelin. Voilà ce que je vous propose. J'ai une pinasse à moteur. Et je connais sur l'autre rafiot un panneau de chargement que je peux ouvrir. De temps en temps, je transporte de la camelote en douce. Sous le pont supérieur, y a pas grand monde à bord. Ça vous va ?

Je sortis mon portefeuille, en tirai deux billets de vingt et cinq dollars et les lui passai discrètement. Ils disparurent au fond de sa poche.

— Merci, dit le Rouquin à mi-voix et il s'éloigna.

Je lui laissai prendre un peu d'avance et suivis le mouvement. Grâce à sa taille, il était facile à repérer même dans la foule. Nous dépassâmes le port des yachts et la deuxième jetée-kermesse ; au-delà, les lumières se raréfièrent. Il n'y avait pratiquement plus personne. De part et d'autre d'un court appontement noir étaient amarrés des canots à moteur.

Mon gars obliqua de ce côté. Presque à l'extrémité où s'amorçait une échelle de bois, il s'arrêta.

— Je vais l'amener ici, dit-il. Ça fait du bruit de chauffer le moteur.

— Au fait, dis-je d'un ton pressant, il faut que je passe un coup de fil. J'avais oublié.

— Ça peut se faire. Amenez-vous.

Il me précéda vers le bout de l'appontement, agita des clefs au bout d'une chaîne et ouvrit un cadenas. Puis il souleva le couvercle d'une petite trappe, en sortit un appareil téléphonique, écouta.

— Marche toujours, dit-il d'un ton caustique. Il doit appartenir à une bande de truands. Oubliez pas de refermer le cadenas.

Sans bruit, il repartit dans la nuit. Pendant dix minutes, j'écoutai le clapotis de l'eau contre les piles de la jetée et par intervalles les battements d'ailes d'une mouette dans l'obscurité. Puis au loin s'éleva le grondement d'un moteur qui se prolongea durant quelques minutes. Brusquement, le bruit cessa. Plusieurs minutes s'écoulèrent ; quelque chose heurta avec un choc sourd la base de l'échelle et une voix étouffée m'appela :

— Ça y est. C'est paré.

Je retournai rapidement vers le téléphone, formai un numéro et demandai le chef Fulwider. Il était rentré chez lui. Je fis un autre numéro, obtins une femme au bout du fil, lui demandai de me passer le chef, disant que c'était le commissariat. J'attendis encore un peu, puis dans l'appareil s'éleva la voix du chef. Elle semblait pleine de purée de patates.

— Ouais, quoi ? Alors on peut même pas bouffer tranquille ? Qu'est-ce que c'est ?

— Carmady, chef. Saint est à bord du Montecito. Dommage que ce soit pas dans votre secteur.

Il se mit à brailler comme un fou. Je lui raccrochai au nez, reposai l'appareil dans son logement doublé de zinc et remis le cadenas. Puis j'allai rejoindre le rouquin au bas de l'échelle.

Sa grosse pinasse noire fendait bien la vague. Il ne sortait pratiquement pas un bruit du pot d'échappement, simplement un chapelet de bulles régulier filait le long de la coque. Une deuxième fois, les lumières de la ville se fondirent dans un halo jaunâtre et les hublots du Montecito se firent, au large, plus grands et plus lumineux.

XI

Il n'y avait pas de projecteurs sur le flanc du bateau orienté vers la haute mer. Le Rouquin réduisit au maximum le régime de son moteur, manœuvra son embarcation pour l'engager sous la voûte en surplomb de l'arrière et se rangea contre les tôles graisseuses avec autant d'aisance qu'un millionnaire traverse un hall de palace. Les contours d'une double porte en fer étaient visibles au-dessus de nous, un peu en avant des anneaux encrassés d'une chaîne d'ancre. La pinasse affleurait les vieilles plaques du Montecito et la mer battait mollement le fond du bateau sous nos pieds. L'ombre de l'ex-flic se dressa au-dessus de moi, les anneaux d'un filin filèrent vers le haut, se déroulèrent par-dessus quelque chose et l'extrémité retomba dans le bateau. Le rouquin raidit le bout et bloqua d'un nœud solide sur un des montants du moteur.

— Ça fait bien la hauteur d'un obstacle de

steeple, dit-il à mi-voix. Faut qu'on grimpe au-dessus de ces plaques.

Je pris la barre et maintins le nez de la pinasse contre la coque luisante, et le rouquin s'étira pour attraper une échelle de fer scellée au flanc du bateau. En grognant, il s'éleva dans l'obscurité le corps arc-bouté à angle droit, ses semelles de caoutchouc dérapant sur les échelons de métal humides. Au bout d'un moment, quelque chose grinça au-dessus de moi et une faible lueur jaunâtre apparut dans l'air brumeux. J'entrevis les contours anguleux d'une lourde porte et la tête du rouquin accroupi qui se détachait sur le fond lumineux. J'escaladai l'échelle à mon tour. Un rude exercice qui m'amena, pantelant, jusqu'à une petite cale malodorante encombrée de caisses et de tonneaux. Des rats disparurent dans les coins les plus sombres. Le grand type me chuchota à l'oreille :

— À partir d'ici, on rejoint facilement la coursive de la chambre de chauffe. Ils entretiennent un moteur auxiliaire pour l'eau chaude et la génératrice. Autrement dit, ça fait un type de service. Je me charge de lui. Le reste de l'équipage parade au pont supérieur.

Depuis la chambre de chauffe, je vous montrerai un ventilateur sans crasse à l'intérieur. Il débouche sur le pont des canots. Après, à vous de jouer.

— Tu dois avoir de la famille à bord, dis-je.

— Vous en faites pas. Faut bien qu'on soit renseigné quand on vit sur la côte. Peut-être que je connais bien une équipe qui serait pas fâchée d'envoyer cette barcasse par le fond. Vous en avez pour longtemps ?

— Je devrais arriver à faire un beau plongeon du pont des canots, dis-je. Ici même.

Je ressortis quelques billets de mon portefeuille et les lui tendis. Il secoua sa tête rouge.

Non, non. Ça, ça sera pour le retour.

— Je paye d'avance, dis-je. Même si j'utilise pas le bateau. Prends ce fric avant que je me mette à pleurer.

— Bon, ça va, merci mon vieux, vous êtes un type épatant.

Nous nous frayâmes un passage parmi les caisses et les tonneaux. L'éclairage jaunâtre venait d'un passage au-delà que nous suivîmes jusqu'à une étroite porte de fer. Cette porte donnait sur la coursive. Après en avoir rapidement gagné l'extrémité, nous descendîmes une échelle de fer aux barreaux huileux, entendîmes le sifflement grave des moteurs à mazout et nous dirigeâmes vers le son parmi d'énormes enchevêtrements de métal. Derrière l'angle d'un bâti apparut un Italien courtaud et crasseux en chemisette de soie rouge assis sur une chaise de tôle ajourée qui lisait un journal sous une ampoule nue à l'aide de lunettes cerclées de métal et d'un index noir.

— Salut, Loin du Ciel, dit le Rouquin doucement. Comment vont les petits bambini ?

L'Italien ouvrit la bouche et se dressa d'un bond. Le Rouquin l'expédia au tapis. Après l'avoir allongé sur le sol, nous lui déchirâmes sa chemise rouge pour en faire un bâillon et des liens.

— On devrait pas cogner sur un type avec des lunettes, dit le Rouquin. Mais c'est qu'on fait un raffut du diable en montant dans un ventilateur... pour les gens d'en bas, attention. Ceux du haut n'entendront rien du tout.

Je lui dis que ça me semblait parfait. Nous laissâmes sur place l'Italien ficelé et trouvâmes le ventilateur sans crasse contre les parois. Je serrai la main du Rouquin lui dis que j'espérais bien le revoir et commençai à gravir les échelons à l'intérieur du conduit vertical.

Il y faisait noir et froid dans le courant d'air brumeux qui s'y engouffrait et l'escalade me parut interminable. Au bout de trois minutes qui me firent l'effet d'une heure, j'atteignis le sommet et tendis le cou prudemment vers le dehors.

Des canots couverts de prélarts se silhouettaient sur le fond de la nuit, pendus à leurs bossoirs. Entre deux des canots s'élevait un chuchotement intermittent. Par-dessous s'inscrivaient les pulsations rythmiques de la musique. Très haut brillait un feu de mât et à travers les hautes couches du léger brouillard clignotaient quelques maigres étoiles. Je tendis l'oreille mais ne perçus aucun écho de sirène provenant d'une vedette de police. Je m'extirpai du ventilateur et me laissai glisser sur le pont. Les chuchotements provenaient d'un couple accroupi sous une embarcation en train de se peloter. Ils ne me prêtèrent aucune attention. Je suivis le pont en passant devant les portes fermées de trois ou quatre cabines. Derrière les volets de deux d'entre elles filtrait un peu de lumière. J'écoutai mais n'entendis rien que le charivari des joyeux fêtards sur le pont principal du dessous.

J'allai me renfoncer dans un coin sombre, pris une profonde aspiration et lâchai un hurlement de loup, le long et féroce hurlement du loup gris affamé, solitaire, loin de son gîte et assez mauvais pour semer la terreur autour de lui.

L'aboiement rauque sur deux tons d'un chien de police me répondit. Une fille poussa un cri aigu quelque part sur le pont obscur et une voix d'homme déclara :

— Je croyais que tous les poivrots qui se cuitaient au vernis de bateau étaient morts.

Je me redressai, dégainai mon pistolet et courus en direction de l'aboiement. Le bruit provenait d'une cabine donnant de l'autre côté du pont.

Je collai l'oreille à la porte, écoutai une voix d'homme qui apaisait le chien. Le chien cessa d'aboyer, gronda encore une ou deux fois et se tut. Une clef tourna dans la porte que je touchais. Je m'écartai et me laissai tomber sur un genou. La porte s'ouvrit de trente centimètres et une tête d'homme passa par l'entrebâillement. La lumière d'un fanal de pont se refléta sur ses cheveux noirs. Je me redressai et abattis le canon de mon flingue sur la tête tendue vers moi. L'homme s'affala mollement dans mes bras à l'extérieur de la cabine. Je le traînai dedans, le hissai sur une couchette et allai refermer la porte au verrou. Sur l'autre couchette était recroquevillée une fille menue aux grands yeux dilatés.

— Salut, miss Snare, dis-je. J'en ai eu du mal à vous trouver. Ça vous dit de rentrer chez vous ?

Fermer Saint roula de côté et s'assit en se tenant la tête. Puis il s'immobilisa, fixant sur moi son regard noir. Un mince sourire presque amusé lui étirait les lèvres.

J'inspectai la cabine d'un rapide coup d'œil ; le chien n'était nulle part en vue mais se trouvait peut-être derrière une porte intérieure qui s'encadrait au fond de la cabine. À nouveau, je considérai la jeune fille. Elle ne payait pas tellement de mine, comme tellement de gens qui causent tellement d'ennuis. Accroupie, sur la couchette, une mèche de cheveux lui cachant un œil, elle portait une robe de tricot, des bas de golf à revers et des souliers sport aux larges langues retombant sur le cou-de-pied. Avec ses genoux nus et osseux sous l'ourlet de sa robe, elle avait l'air d'une écolière.

Je fouillai Saint à la recherche d'une arme. Sans résultat. Il me grimaça un sourire. La fille leva la main et rejeta ses cheveux en arrière. Elle me regardait comme si j'étais à deux cents mètres de là. Puis elle eut une sorte de hoquet et se mit à pleurer.

— Nous sommes mariés, dit Saint doucement. Elle croit que tu veux me transformer en passoire. C'était pas bête, d'imiter le hurlement du loup.

Sans répondre, j'écoutai. Pas un bruit à l'extérieur.

— Comment as-tu su où me trouver ? demanda Saint.

— Diana me l'a dit, avant de mourir, dis-je brutalement.

Une lueur d'angoisse traversa son regard.

— Je te crois pas, privé.

— Tu as filé en la laissant en carafe. Qu'est-ce que tu espérais ?

— Je m'imaginais que les flics descendraient pas une bonne femme et je pouvais me débrouiller pour faire un marché avec eux. Qui l'a eue ?

— L'un des hommes de Fulwider. Toi tu l'as eue de ton côté.

Il rejeta la tête en arrière ; un rictus sauvage déforma ses traits et s'effaça aussitôt. Il se détourna pour regarder la fille qui pleurait.

— T'en fais pas, mon chou, je te tirerai de là. (Et puis s'adressant à moi, il reprit :) Et si je me rendais sans grabuge... Est-ce qu'on ne pourrait pas s'arranger pour la faire filer ?

— Comment ça, sans grabuge ? ricanai-je.

— J'ai une flopée de copains sur ce bateau, privé. T'as même pas encore commencé à rigoler.

— C'est toi qui l'as mise dans le bain. Tu ne peux pas l'en sortir. Ça fait partie de la note à payer.

XII

Il hocha lentement la tête, considéra le sol entre ses pieds. La fille cessa de pleurer juste le temps d'essuyer ses joues, puis se remit à larmoyer de plus belle.

— Fulwider sait que je suis ici ? demanda Saint d'une voix mesurée.

— Oui.

— Tu l'as mis au parfum ?

— Oui.

Il haussa les épaules.

— De ton point de vue, c'est normal. Bien sûr. Seulement, j'aurai pas l'occasion de causer si Fulwider me ramasse. Par exemple, si je pouvais parler au District Attorney, je le convaincrais peut-être qu'elle n'est pour rien dans mes combines.

— Fallait penser à ça aussi, répliquai-je lourdement. T'avais pas besoin de retourner chez Sundstrand et de te déchaîner avec ta sulfateuse.

Il rejeta la tête en arrière et se mit à rire.

— Non ? Suppose que tu refiles dix mille tickets à un gars pour qu'il te serve de couverture et qu'il te double en piquant ta femme et en la collant dans une clinique pourrie et qu'ensuite il t'envoie sur les roses en précisant surtout : remets pas les pieds ici, sinon la marée rejettera son cadavre sur la plage ? Qu'est-ce que tu ferais, — tu dirais merci ou tu prendrais l'artillerie lourde pour foncer t'expliquer avec le gars ?

— Elle n'était pas là-bas à ce moment-là, rétorquai-je. Ça te démangeait simplement de tirer dans le tas. Et si tu t'étais pas cramponné à ce clébard jusqu'à ce qu'il tue un homme, ta couverture n'aurait pas eu les foies et ne t'aurait pas vendu.

— J'aime les chiens, dit tranquillement Saint. Je suis un type tout ce qu'il y a de rangé quand je travaille pas, mais je peux pas me laisser bousculer comme ça.

Je tendis l'oreille. Toujours aucun bruit sur le pont au-dehors.

— Écoute, dis-je vivement. Si tu veux être réglo avec moi, j'ai un bateau qui m'attend à l'arrière et je tâcherai de rapatrier la fille chez elle avant qu'ils veuillent la coffrer. Ce qui peut t'arriver à toi, je m'en tape. T'as beau aimer les chiens, je lèverai pas le petit doigt pour toi.

Soudain, la fille s'écria d'une voix aiguë et enfantine :

— Je veux pas rentrer chez moi ! Je rentrerai pas chez moi !

— Dans un an d'ici, vous me remercierez, je lui lançai, hargneux.

— Il a raison, mon chou, dit Saint. Tu ferais mieux de te tirer avec lui.

— Je veux pas, glapit la fille, furieuse, je veux pas et puis c'est tout !

Rompant le silence qui régnait sur le pont, un objet heurta violemment la porte de la cabine au-dehors. Une voix rogue cria :

— Ouvrez ! Police !

Je reculai vivement vers la porte sans lâcher Saint des yeux. Et je demandai par-dessus mon épaule :

— C'est Fulwider ?

— Ouais, grommela la voix grasseyante du chef. Carmady ?

— Écoutez, chef, Saint est ici avec moi et prêt à se rendre. Il y a une fille avec lui, celle dont je vous ai parlé. Alors entrez sans faire de casse si possible.

— D'accord, dit le chef. Ouvrez la porte.

Je tournai la clef, traversai d'un bond la cabine et allai me coller le dos à la cloison intérieure près de la porte derrière laquelle le chien commençait à s'agiter en grondant.

La porte de la cabine s'ouvrit en coup de vent. Deux hommes que je n'avais jamais vus foncèrent à l'intérieur, pistolet au poing. Le chef était derrière eux. Brièvement, avant qu'il referme la porte, j'entrevis les uniformes d'officiers du bateau. Les deux poulets sautèrent sur Saint, lui cognèrent dessus et lui collèrent les bracelets, puis ils se retirèrent derrière le chef. Saint les regardait avec un froid sourire ; un mince filet de sang lui coulait de la lèvre inférieure. Fulwider me décocha un regard chargé de reproche et fit rouler son cigare dans sa bouche. Personne ne semblait s'intéresser à la fille.

— Vous êtes un drôle de zèbre, Carmady. Vous auriez pu m'en dire un peu plus long sur la façon dont on pouvait vous rejoindre.

— Je croyais que c'était en dehors de votre secteur, répondis-je.

— Aucune importance. On a alerté les fédés. Ils vont rappliquer d'ici peu.

L'un des poulets se mit à rire.

— Ouais, mais pas trop tôt, dit-il grossièrement. Range ton feu, privé.

— Essaie donc de m'y obliger.

Il avança d'un pas, mais le chef le fit reculer du geste. L'autre flic en civil surveillait exclusivement Saint.

— Et alors, comment l'avez-vous déniché ? questionna Fulwider.

— Pas en lui prenant son pognon pour le planquer, ripostai-je.

Rien ne changea sur le visage de Fulwider. Sa voix se fit presque paresseuse.

— Oh, oh, vous avez écouté aux portes, hein ? fit-il doucement.

Je repris d'un ton dégoûté :

— Dites donc, votre gang et vous, vous me prenez vraiment pour un minus ou quoi. Il cocotte drôlement, votre petit patelin si propre. C'est le sépulcre blanchi bien connu. Un repaire de la pègre où tous les truands en cavale peuvent se la couler douce à condition de cracher suffisamment et de ne pas monter de coups sur place. Et d'ici, ils peuvent filer pour le Mexique en vedette rapide si ça sent trop le roussi pour eux.

— Ce sera tout comme ça ? dit le chef d'un ton circonspect.

— Non, criai-je. J'ai mis ça en réserve pour vous depuis trop longtemps. C'est *vous* qui m'avez drogué à me rendre cinglé et qui m'avez bouclé dans une taule privée. Et comme le truc a foiré, *vous* m'avez monté un coup fourré avec Galbraith et Duncan pour que Sundstrand, votre acolyte, soit descendu avec *mon* flingue, et que je sois descendu ensuite, moi, pour rébellion en cours d'arrestation. Saint vous a bousillé votre combine et m'a sauvé la mise. Il n'en avait pas l'intention, mais il l'a fait quand même. *Vous* savez depuis toujours où était la petite Snare. Elle avait épousé Saint et vous la tentez vous-même pour le faire tenir tranquille, lui. Merde, pourquoi croyez-vous que je vous ai prévenu qu'il était ici ? Ça, vous ne le saviez pas !

Le poulet qui avait essayé de me faire garer mon flingue prit la parole.

— Dites donc, chef, vaudrait mieux se grouiller. Les fédés...

La mâchoire de Fulwider tremblait. Son

visage avait pris une couleur grisâtre et ses oreilles étaient comme rabattues en arrière. Le cigare oscillait entre ses lèvres épaisses.

— Une minute, dit-il au type à côté de lui. (Puis, s'adressant à moi :) Alors, pourquoi vous m'avez tuyauté ?

— Pour vous amener dans un endroit où vous ne représentez pas plus la loi que Billy the Kid et voir si vous serez assez gonflé pour aller jusqu'au meurtre en haute mer.

Saint se mit à rire. Il émit un sifflement grave entre ses dents. Un grondement de bête fauve lui répondit. La porte à côté de moi s'ouvrit à la volée et l'énorme chien policier franchit le seuil d'une puissante détente. Sa masse grise parut tournoyer en plein vol pour atterrir à l'autre bout de la cabine pendant qu'un coup de feu claquait, inoffensif.

— Bouffe-les, Voss ! vociféra Saint. Bouffe-les vivants, mon gros !

La fusillade se déclencha dans la cabine. Aux grondements du chien se mêla un hurlement rauque, étouffé. Fulwider et l'un de ses hommes avaient roulé sur le plancher. La fille poussa un cri aigu et s'enfouit le visage dans un oreiller. Saint glissa doucement à bas de la couchette ; un flot de sang coulait lentement le long de son cou. Le flic resté debout sauta de côté, faillit s'écrouler tout de son long sur la couchette de la fille, se rattrapa de justesse et se mit à vider son chargeur dans le grand corps gris et massif du chien, frénétiquement, sans même essayer de viser.

Le policier à terre voulut repousser le chien. Celui-ci lui arracha à moitié la main. L'homme poussa un hurlement. Des pas précipités retentirent sur le pont. Des cris s'élevaient au-dehors. Quelque chose me coula sur la figure. J'éprouvai comme un chatouillement. J'eus l'impression que ma tête tournait, mais je ne savais pas ce qui m'avait touché. Dans la main, mon pistolet me faisait l'effet d'être énorme et brûlant. D'une balle bien ajustée, révolté d'y être forcé, j'abattis le chien. Le chien lâcha Fulwider pour rouler sur le côté et je constatai qu'une balle perdue avait troué le front du chef entre les deux yeux, avec cette juste précision subtile qui naît parfois du hasard pur.

Le percuteur du pistolet du flic encore debout cliqueta sur une bouteille vide. L'homme poussa un juron et se mit à recharger son arme, affolé. Je touchai le sang sur mon visage et l'examinai. Il semblait très noir. J'eus l'impression que la lumière faiblissait dans la cabine. La lame luisante d'une hache fendit soudain la porte de la cabine que bloquaient le pesant cadavre du chef et la masse du deuxième flic qui geignait à côté de lui. Je regardai fixement le métal brillant. La lame disparut pour réapparaître en un autre point du panneau.

Et puis toutes les lumières s'éteignirent progressivement, comme au théâtre quand le rideau se lève. À l'instant où se faisait l'obscurité totale, je ressentis une vive douleur à la tête, mais je ne savais pas alors qu'une balle m'avait fracturé le crâne.

Je me réveillai deux jours plus tard à l'hôpital. J'y restai trois semaines. Saint ne survécut pas assez pour être pendu, mais suffisamment pour raconter son histoire. Il dut bien s'y prendre dans son récit car on laissa Mme Jerry (Farmer) Saint retourner chez sa tante. À ce moment-là, la commission d'enquête spéciale du comté avait inculpé la moitié des policiers de la petite station balnéaire. On rencontrait un tas de visages nouveaux aux environs de la mairie, me dit-on. L'un d'eux était celui d'un grand inspecteur rouquin du nom de Norgard qui déclara me devoir vingt-cinq dollars, mais qu'il avait été forcé de consacrer cette somme à l'achat d'un complet neuf quand on lui avait rendu son boulot. Il assura qu'il me rembourserait dès qu'il aurait reçu son premier chèque.

Je lui répondis que je tâcherais d'attendre.

DÉCOUVREZ LES FOLIO À 2 €

Parutions de janvier 2005

H. DE BALZAC — *L'Auberge rouge*

Dans les brumes de l'Allemagne romantique, l'inspecteur Balzac mène l'enquête !

R. BRADBURY — *Meurtres en douceur* et autres nouvelles

Loin de *Fahrenheit 451* et de *Chroniques martiennes*, Ray Bradbury nous entraîne dans un univers en apparence familier et pourtant surprenant.

C. CASTANEDA — *Stopper-le-monde*

Castaneda se prête au jeu d'une initiation, déroutante s'il en est, qui ne va pas sans rébellion, scepticisme et repentirs, sans parler des angoisses qu'elle impose au néophyte. Un témoignage d'une incontestable valeur documentaire.

CONFUCIUS — *Les Entretiens*

Les *Entretiens* proposent un art de vivre qui demeure un modèle pour le monde moderne.

D. DAENINCKX — *Ceinture rouge*, précédé de *Corvée de bois*

La fiction et l'Histoire s'entrechoquent dans ces deux textes saisissants et « politiquement incorrects ».

W. FAULKNER — *Le Caïd* et autres nouvelles

Dans ces quelques nouvelles, apparaît pour la première fois l'ébauche de l'univers de Faulkner, l'esquisse des grandes œuvres à venir.

GANDHI — *La voie de la non-violence*

Dans l'histoire de l'humanité, Gandhi est le premier à avoir étendu le principe de la non-violence du plan individuel au plan social et politique.

G. DE MAUPASSANT — *Le Verrou* et autres contes grivois

Quelques nouvelles audacieuses et pleines d'humour pour émoustiller le lecteur…

D.A.F. DE SADE — *La Philosophie dans le boudoir* (Les quatre premiers dialogues)

Dans un boudoir délicieux, trois libertins, pleins de santé et d'imagination, accueillent une jeune fille qui ne demande qu'à apprendre…

I. SVEVO — *L'assassinat de la Via Belpoggio* et autres nouvelles

Quelques nouvelles intimistes et profondes par l'auteur de *La conscience de Zeno*.

Dans la même collection

R. AKUTAGAWA — *Rashômon* et autres contes (Folio n° 3931)

M. AMIS — *L'état de l'Angleterre*, précédé de *Nouvelle carrière* (Folio n° 3865)

ANONYME — *Le poisson de jade et l'épingle au phénix* (Folio n° 3961)

ANONYME — *Saga de Gísli Súrsson* (Folio n° 4098)

G. APOLLINAIRE — *Les Exploits d'un jeune don Juan* (Folio n° 3757)

ARAGON — *Le collaborateur* et autres nouvelles (Folio n° 3618)

I. ASIMOV — *Mortelle est la nuit*, précédé de *Chante-cloche* (Folio n° 4039)

T. BENACQUISTA — *La boîte noire* et autres nouvelles (Folio n° 3619)

K. BLIXEN — *L'éternelle histoire* (Folio n° 3692)

M. BOULGAKOV — *Endiablade* (Folio n° 3962)

L. BROWN — *92 jours* (Folio n° 3866)

S. BRUSSOLO — *Trajets et itinéraires de l'oubli* (Folio n° 3786)

J. M. CAIN — *Faux en écritures* (Folio n° 3787)

A. CAMUS — *Jonas ou l'artiste au travail* suivi de *La pierre qui pousse* (Folio n° 3788)

T. CAPOTE — *Cercueils sur mesure* (Folio n° 3621)

T. CAPOTE — *Monsieur Maléfique* et autres nouvelles (Folio n° 4099)

A. CARPENTIER	*Les Élus* et autres nouvelles (Folio n° 3963)
R. CHANDLER	*Un mordu* (Folio n° 3926)
E. M. CIORAN	*Ébauches de vertige* (Folio n° 4100)
COLLECTIF	*Au bonheur de lire* (Folio n° 4040)
COLLECTIF	*Des mots à la bouche* (Folio n° 3927)
COLLECTIF	*Il pleut des étoiles* (Folio n° 3864)
COLLECTIF	*« Leurs yeux se rencontrèrent... »* (Folio n° 3785)
COLLECTIF	*« Ma chère Maman... »* (Folio n° 3701)
COLLECTIF	*« Parce que c'était lui ; parce que c'était moi »* (Folio n° 4097)
COLLECTIF	*Un ange passe* (Folio n° 3964)
J. CONRAD	*Jeunesse* (Folio n° 3743)
J. CORTÀZAR	*L'homme à l'affût* (Folio n° 3693)
D. DAENINCKX	*Leurre de vérité* et autres nouvelles (Folio n° 3632)
R. DAHL	*L'invité* (Folio n° 3694)
R. DAHL	*Gelée royale*, précédé de *William et Mary* (Folio n° 4041)
S. DALI	*Les moustaches radar (1955-1960)* (Folio n° 4101)
M. DÉON	*Une affiche bleue et blanche* et autres nouvelles (Folio n° 3754)
D. DIDEROT	*Lettre sur les aveugles à l'usage de ceux qui voient* (Folio n° 4042)
R. DUBILLARD	*Confession d'un fumeur de tabac français* (Folio n° 3965)
S. ENDÔ	*Le dernier souper* et autres nouvelles (Folio n° 3867)
W. FAULKNER	*Une rose pour Emily* et autres nouvelles (Folio n° 3758)
F. S. FITZGERALD	*La sorcière rousse*, précédé de *La coupe de cristal taillé* (Folio n° 3622)
C. FUENTES	*Apollon et les putains* (Folio n° 3928)

R. GARY	*Une page d'histoire* et autres nouvelles (Folio n° 3753)
J. GIONO	*Arcadie… Arcadie* précédé de *La pierre* (Folio n° 3623)
W. GOMBROWICZ	*Le festin chez la comtesse Fritouille et autres nouvelles* (Folio n° 3789)
H. GUIBERT	*La chair fraîche* et autres textes (Folio n° 3755)
E. HEMINGWAY	*L'étrange contrée* (Folio n° 3790)
C. HIMES	*Le fantôme de Rufus Jones* et autres nouvelles (Folio n° 4102)
E.T.A HOFFMANN	*Le Vase d'or* (Folio n° 3791)
H. JAMES	*Daisy Miller* (Folio n° 3624)
T. JONQUET	*La folle aventure des Bleus…*, suivi de *DRH* (Folio n° 3966)
F. KAFKA	*Lettre au père* (Folio n° 3625)
J. KEROUAC	*Le vagabond américain en voie de disparition*, précédé de *Grand voyage en Europe* (Folio n° 3694)
J. KESSEL	*Makhno et sa juive* (Folio n° 3626)
R. KIPLING	*La marque de la Bête* et autres nouvelles (Folio n° 3753)
LAO SHE	*Histoire de ma vie* (Folio n° 3627)
LAO-TSEU	*Tao-tö king* (Folio n° 3696)
J.M.G. LE CLÉZIO	*Peuple du ciel* suivi de *Les bergers* (Folio n° 3792)
P. MAGNAN	*L'arbre* (Folio n° 3697)
I. McEWAN	*Psychopolis* et autres nouvelles (Folio n° 3628)
H. MILLER	*Plongée dans la vie nocturne…*, précédé de *La boutique du Tailleur* (Folio n° 3929)
S. MINOT	*Une vie passionnante* et autres nouvelles (Folio n° 3967)
Y. MISHIMA	*Dojoji et autres nouvelles* (Folio n° 3629)
Y. MISHIMA	*Martyre*, précédé de *Ken* (Folio n° 4043)

M. DE MONTAIGNE	*De la vanité* (Folio n° 3793)
E. MORANTE	*Donna Amalia* et autres nouvelles (Folio n° 4044)
V. NABOKOV	*Un coup d'aile*, suivi de *La Vénitienne* (Folio n° 3930)
P. NERUDA	*La solitude lumineuse* (Folio n° 4103)
K. OÉ	*Gibier d'élevage* (Folio n° 3752)
L. OULITSKAÏA	*La maison de Lialia* et autres nouvelles (Folio n° 4045)
C. PAVESE	*Terre d'exil* et autres nouvelles (Folio n° 3868)
L. PIRANDELLO	*La première nuit* et autres nouvelles (Folio n° 3794)
E. A. POE	*Aventure sans pareille d'un certain Hans Pfaall* (Folio n° 3862)
R. RENDELL	*L'Arbousier* (Folio n° 3620)
P. ROTH	*L'habit ne fait pas le moine* précédé de *Défenseur de la foi* (Folio n° 3630)
D. A. F DE SADE	*Ernestine. Nouvelle suédoise* (Folio n° 3698)
SAINT-EXUPÉRY	*Lettre à un otage* (Folio n° 4104)
J.-P. SARTRE	*L'enfance d'un chef* (Folio n° 3932)
B. SCHLINK	*La circoncision* (Folio n° 3869)
L. SCIASCIA	*Mort de l'Inquisiteur* (Folio n° 3631)
SÉNÈQUE	*De la constance du sage*, suivi de *De la tranquillité de l'âme* (Folio n° 3933)
G. SIMENON	*L'énigme de la* Marie-Galante (Folio n° 3863)
D. SIMMONS	*Les Fosses d'Iverson* (Folio n° 3968)
I. B. SINGER	*La destruction de Kreshev* (Folio n° 3871)
P. SOLLERS	*Liberté du XVIIIème* (Folio n° 3756)
R. L. STEVENSON	*Le Club du suicide* (Folio n° 3934)
R. TAGORE	*La petite mariée*, suivi de *Nuage et soleil* (Folio n° 4046)

J. TANIZAKI	*Le coupeur de roseaux* (Folio n° 3969)
A. TCHEKOV	*Une banale histoire* (Folio n° 4105)
I. TOURGUÉNIEV	*Clara Militch* (Folio n° 4047)
M. TOURNIER	*Lieux dits* (Folio n° 3699)
M. VARGAS LLOSA	*Les chiots* (Folio n° 3760)
P. VERLAINE	*Chansons pour elle et autres poèmes érotiques* (Folio n° 3700)
VOLTAIRE	*Traité sur la Tolérance* (Folio n° 3870)
H.G. WELLS	*Un rêve d'Armageddon,* précédé de *La porte dans le mur* (Folio n° 4048)
E. WHARTON	*Les lettres* (Folio n° 3935)
R. WRIGHT	*L'homme qui vivait sous terre* (Folio n° 3970)

Composition Nord Compo
Impression Novoprint
à Barcelone, le 3 décembre 2004
Dépôt légal: décembre 2004
1ᵉʳ dépôt légal dans la collection: septembre 2003

ISBN 2-07-030403-5/Imprimé en Espagne.

134620